JN070969

森田好子詩集

書きかけのラブレター

竹林館

森田好子詩集　書きかけのラブレター　目　次

——LOVE & PEACE　8

Ⅰ　島に咲く

父と母　12　　ふるさと　14　　なんくるないさ　愛がある　16
島に咲く　18　　釣り　20　　蝶の園　22
森に抱かれて　24　　しいなの森　26　　ヒスイカズラ　28
生まり島今帰仁村（れ）（なきじんそん）　30　　豊年祭り　32
慰霊の塔　36　　やがんな島　38
バナナの思い出　40　　赤しょうびん　42

Ⅱ　私に託された言葉　——命（ぬち）どぅ宝

抱っこしてもらえたのに　46　　アームさんの喫茶店　48
時計　——アームさんの喫茶店での話　52　　生き抜く　54

アメリカーはひーじゃ目玉（みんたま）　57　祈り　58　少年兵　60
勝っちゃん　よく来たね　62　捕虜収容所　64
分かれ道　66　これでも高志（こうし）　ほんとかね？　70

Ⅲ　琉球政府だったころ

美傘（ちゅらがさ）　74　お兄ちゃんの宝物　77　とぅんぐわぐむい　80
花かくし　83　花と遊ぶ　84　フェー台風　86
凸凹（でこぼこ）缶詰　90　お母さんの思い出　92　おにぎり　94
シィークワーサー狩り　95　ああ　命薬（ぬちぐすい）　98
おじいさんとハブ　100　お父さんとハブ　102
お母さんとハブ　104　きょうだいげんか　106
満天の星　108　琉球政府　110

Ⅳ ありのまま

ひ・み・つ 116　恋愛 117
水たまりがいった 118　高い所からではございますが 120
ベニシジミ 122　全ては掌の中にある 124
炊き出し 126　真っ赤に咲く 128
幸せの貯金箱 130　ネバーエンディング 132

Ⅴ 学校

魔法 136　あの子 138　こいつ 140
学校っていいなー 143　食育 146　幸一君　がんばれ 148
アオサギ 150　ボクはドーベルマン 152
ふうふうふう 156　卒業生を送る会 158

Ⅵ　ありがとう

呪文をかける　162　　深酒するなー　164
どうして？　166　　いしかりなべ　168
ううん　おいしい　170　　おはなし　172
だいすきだよ　173　　赤ちゃんがコロナに　174
わたしピンクねこよ　180　　りりかちゃん　181
たんぽぽ　182　　たんぽぽがすき　184　　おうたがすき　186
プラタナスの葉音　188　　麦の詩（うた）　190

＊

生きたい・死にたくない　192　　お恵みを　194
ブッセロの街　196　　言葉　198
空　200　　ありがとうの別れ　202　　弔いの日　204
俺は太陽だー　206

――一行の詩に　207
『書きかけのラブレター』に寄せて　高丸もと子　209
あとがき　217
楽　譜　LOVE & PEACE　1　あの子　5
エイサー　11　ちゅらちゅら沖縄　13
写生会　17　家　23　森子の信念を讃えて　29
カバー絵・挿画・写真　著　者

森田好子詩集

書きかけのラブレター

LOVE & PEACE

あなたの心に神様はいますか
花にも虫にも　木にも草にも　星にも石にも
全てに神様がいらっしゃるとしたら
この宇宙船地球号は神様でいっぱい

昔も今も戦争が絶えることはない
正義の名のもと破壊と殺戮
ロシアンルーレットで消される命
深い悲しみと憎悪の世界

何処へ行ってしまったのか
神も仏もいない国がある
明日の命さえわからない
傷つき地獄を彷徨う人がいる

祈ろう　明日のために
祈ることしかできない　私
一日も早く日常が訪れますように
願いは一つ永遠のＬＯＶＥ　＆　ＰＥＡＣＥ

Ⅰ　島に咲く

父と母

私の
命の源はこの二つの文字
父と母

父は
バランス良く両手を広げ
人を招き入れている

母は
アンバランスを全て
真ん中の大きな軸で包み込んでいる

ふるさと

おう！
光の一滴一滴　シェアー
こうして何百年何千年もの間
嵐の日は　支え合って
晴れの日は　競い合って
生きてきたんだね

忘れないよ
一枚の葉っぱ
一本の枝
樹海
暮らす人たち

海も
空も
全て
語りつくせない物語がここにある

何度描き直しても
本物には近づけない
あまりにも雄大だから
愛しい！　それだけを描く

なんくるないさ　愛がある

人は言葉の海で生きている
言葉は人生の履歴書
大切な思い出と新しい出会い
みんなが幸せのほうへ
みんなが喜ぶほうへ
愛と感謝を込めて

愛さえあれば
なんくるないさ
大丈夫だよ！
一度きりの人生だもの
たくさん笑い皺増やして生きていこう

貧しい中に愛だけがあふれていたあの頃
小さな　小さな幸せは　大きな喜びに
小さな　小さな体は　大きな希望に

父へ　母へ　家族へ　私を育てた全ての人へ
祈りにも似たあふれる想いを紡ぐ

愛で包んでください
誰かが叫んでいるよ
いいよいくらでも湧いてくるから
そっと抱きしめよう

島に咲く

貴方は誰のために生きてますか
樹齢百年の梯梧（ディゴ）の木に聞きます
今ここで根をはり葉を広げ花咲かせる梯梧として生きてます

庭の赤く艶やかなアマリリスに尋ねます
あなたの父がこよなく愛したアマリリスとして生きてます

野山　畑のあぜの花菖蒲白ゆりにも
甘い蜜をためこんで虫と運命共同体助け合って生きてます

台風しなやかに風よける生垣のハイビスカスにも
チョウを招き時に家畜の餌にもなる仏桑華（ブッソウゲ）として生きてます

土と太陽さえあれば生きてる花木たち
強く美しく咲くいやしの花　優しいまなざしに揺れる
花は花の命を　人は人の命を生きる
与えられた命みな平等

釣り

俺は大物釣りが好きだ
亀はやたらと重かった
甲板で涙を流している
こいつうまいですよ　どうしますか
竜宮城にいけるかも　逃がします
手を振り足を振り海へゆっくり帰っていく

流しをしていたらどてーっと重い
引きがないゴミですかねー
上がってきたのは　大だこ
クーラーボックスから足がはみ出している
居酒屋の大釜で湯がいて食った
みんなで食った　腹いっぱい食った

パヤオ*でのマグロの一本釣り
カジキマグロと本マグロが並行して泳いでいる
喰った！　カジキだー
三五〇キロ　体長三・五メートルの大物
ジャンプして角を天に向け糸きりにかかる
踊るたび　糸を緩めたり巻いたりの繰り返し
船で追いかけ二時間
釣れた　漁港へと急ぐ

俺は昔　初めて会った女と食事をした
生けすにはタイやヒラメいろんな魚が泳いでいる
その女はエビをうまそうに食べた
海老で鯛を釣ったことが人生最大の釣りだ
今も一緒に暮らしている
大物は予期せぬ時にやって来る
タイを食べたらタイだけに対等だったのにだと

＊パヤオ＝人口の漁礁

蝶の園

森の奥深く蝶の園があるという
ハブに気をつけろ
ジャングルの中　鎌を握りしめて進む
岩場を抜けるとうっそうとした森

突然薄暗い木々の間から
悠然と現れるオオゴマダラの群れ
白黒模様全長十三センチメートル日本最大級
毒を持つ　鳥も食べない天然記念物
蝶マニアは喉から手が出るほど欲しがる

目を凝らすと大木の葉に蝶の群れ
黄金色の光るさなぎもそこかしこ
羽音一つ立てずふわふわふわふわ乱舞する

腰を下ろしタオルで汗をぬぐう
頭　肩　鼻にも羽を休め　私は木になる

目の前を踊りささやく
　ようこそ　ごゆっくり
　ごゆっくり　ようこそ
入れ替わり　立ち代わり
　羽ばたき　ささやき
ささやき　羽ばたき
　ふわふわ　ふんわり
ここは蝶の園　夢の世界
忘れないよ　君たちのこと
秘密にするよ　きっと

美しさと危うさは背中合わせ

森に抱かれて

せせらぎにそっと足を浸す
昔　そのままの風が吹いている
よく来たね
森に抱かれる私がいる

ここは昔
子どもたちの遊び場
大人たちの洗濯場
探検家たちの憩いの場

岩陰に見え隠れする
魚　えび　かに　赤亀
美しい翡翠色したカワセミ

やさしい声
忘れかけていた声がする
今　道は閉ざされ
訪ねるひとは　もういない
森は悠久の時を刻み続けている

しいなの森

心癒される森
ここは　子どもたちの遊び場だった
ここは　中東で傷ついた兵士の鳥打ち場だった

昔々のお話
北山城ができる前
お殿様はここにお城を築こうとされた
石垣だけが昔を偲ぶ

苔の岩にシュリケマイマイ*
深い落ち葉にシュリマイマイ*
ふわふわ黄色い花の雨散らすソウシジュの木
クロツグの大輪の花　森を照らすサーチライト

*どちらもカタツムリ

数十メートルの倒木に腰を下ろす
根やつたで縛り付けられた石垣
薄暗い茂みの中
赤い目のオオコノハズク
首を回してご挨拶

大空を羽ばたく鳥
地を這うクイナ
やさしく舞い飛ぶ　蝶の群れ
虫や蛇の住処

やさしく　怖く　尊く
地上から地中から
遠く　近くささやく声がする
古人の気配

ここは　動物たちの遊び場です
ここは　命を抱き生き続ける聖なる森です

ヒスイカズラ

数百本の花のシャンデリア
全てヒスイ色に染まる
二メートルを超す房には無数の花

天井いっぱいの竿の数々
「あなたはここ　きみはあちら」
枝の一本　いっぽん　竿に橋渡し枝先案内

地中から聞こえる大地の鼓動
それにこたえる地上の枝葉　花々
花房は千々にぶら下がり　青い宝石のよう

ハイビスカス　ブーゲンビリア　蘭　一面花の競演
色とりどりのちょう　みつばち　小鳥　甘い蜜に夢中
こうもりやヒヨドリなど強い刺激でうまれる奇跡の実

花言葉は私を忘れないで

美しいものはより美しく華やかに
花守り人の技と願いが込められている

生まり（れ）島今帰仁村（なきじんそん）

双子の姉妹
変わることのない想いにあふれる湧川へ
区長さんたちが出迎えてくれた
七月踊り　豊年踊りの写真　語らいに花が咲く

長年の夢　昔懐かしの村巡り
どんな華やかな所よりもここが一番
初めに御殿　胸躍らせた八月遊びの会場
村の慰霊塔は松並木から桜並木の高台に
過疎化のため夏草に覆われた廃校の学び舎で佇む
変わりゆく景色が流れて
やがて湧川が一望できる嵐山
羽地内海に浮かぶ大小様々な小島
遠く乙羽岳　しいな城（ぐすく）　眩いばかりの緑
見渡す限りの大パノラマ

潮干狩りをした海

汗を流した畑
駆けずり回った野山
思い出がよみがえる
そうそう　あそこは重久さんの家
そこは　重美さんの家
向こうは京子さん
その向こうは懐かしの我が家
幼き日の　かお　顔　かお

心豊かで結(ゆい)の心にあふれた今帰仁村
美しい自然　古より絶えることのない伝統文化
村を守り育てる人がいる
故郷を離れて数十年
忘れがたき生まり島今帰仁村

豊年祭り

湧川の豊年祭り
旧八月十一日が正日
豊年踊りを祈願して村をあげて祝う
氏神様に祈りをささげる
伝統芸能　村踊り

スネー*によってはじまる
棒術と路地楽
長者の大王
獅子舞と演技が終わる
旗頭を先頭にガク、太鼓、ドラと、ともに移動

次は獅子屋前

棒術と路地楽
長者一行
獅子舞
三味線、太鼓、酒瓶を担いだチグカラジャー*
祭事を盛り上げる

それから　下のアサギ*の奉納の後
最後は　上のアサギ前の広場
昔ながらの神庭　舞台上で総仕上げの演技
長者一行からはじまり踊り・劇・組踊
十八の演目で繰り広げられる壮大なドラマ
娯楽行事は脈々と受け継がれていく

手に汗握る力技の棒術
艶やかに舞い踊る女踊り・勇壮で力強い男踊り
七福神の滑稽な語りに大笑いしている

変わりゆく時代に色あせることなく生き続ける伝統芸能
誇りを持ち守り伝える湧川の豊年祭り
畑仕事のおじさん　運転手のお兄さん
会社勤めのお姉さん　お母さん
老人会のおじいさん　おばあさん
華やかな夢舞台で踊る姿はまるで別人
ドラや太鼓が鳴り響く
ちむどんどん　待ちきれない
子どもたちは　駆け足で広場へ向かう
夢舞台に花を添える月明かり
祭りは村の繁栄と五穀豊穣を願う一大行事

＊スネー＝部落内を練り歩く行事
＊チグカラジャー＝道化
＊アサギ＝神所

「湧川誌」（昭和六十二年十月三十一日発行・湧川誌編集委員会）より

写真：湧川公民館アルバムより

慰霊の塔

全島で行われる戦没者慰霊
村のあちらこちらに転がる亡き骸
島人（しまんちゅう）　大和人（やまとんちゅう）　アメリカー……

　誰にでも家族がいる
　死んでおしまいではねー

鎮魂の碑　慰霊塔　眠る無縁仏
そこは見晴らしのいい高台
夏は涼しい風が吹き抜ける松林
ここへ来ると不思議な気持ち
自然と手を合わせる

慰霊の日は　祈りの日
掃除をして花をお供えする
お線香立ち込める
大人から子どもたちへ
平和の尊さを語り継ぐ

私のおばあさん
おじさん　おばさんたちも
お祀りされていますように

やがんな島

ほら見てごらん
不思議がいっぱいの島だよ
この島はね　死んだ人だけが暮らしているよ
湧川の海に浮かぶとても美しい島
竪穴　亀甲　昔々の珍しいお墓もたくさんある
祀られている人は今帰仁村（なきじんそん）の全人口くらいいるそうだ
人は死んだら土にかえり軽くて小さくなるでしょう
だから　ここにいくらでも入るさー

岸からおよそ百メートル　道は引き潮の時だけ現れる
泥がつくから　ぞーり　長靴　はいて歩いて渡る
遠くからもたくさんの人がやってきて賑やかになるよ
生きている人はお盆　しーみー*の時　お参りする
その時はね　ご先祖様と一緒にご馳走を食べるよ

数時間も経つと静かに打ち寄せる　満潮
道がなくなるから急いで島を離れる
やがて魚たちが群れを成してやって来る
岩場に憩うカニ　殻を閉じた貝
潮溜まりの生き物たち
波のゆりかごで息を吹き返す

内海のやさしい煌めき波の歌　風の歌
鳥の楽園　緑葉に包まれ眠るご先祖様
ちっとも寂しくなんかないはず
やがんな島と言うんだよ

*しーみー=生命祭

バナナの思い出

みんなバナナを知っているでしょう
そうそうあのバナナ
私はね　バナナといえば熱を出した
夜のことを思い出すよ

家にはバナナの木があってね
大きな葉っぱのバナナ
夜中に熱が出てね
頭が割れるほど痛くなったとき
両親はどうしてくれたと思う

二メートルほどあるバナナの木
バサバサッ　切り倒してね
バサバサ　葉っぱも切り落として
外側のかたい皮を一枚いちまいはがすよ
やっと真ん中の軟らかい幹が出てくるよ
その中には冷たい樹液がたっぷり入っているよ

樹皮をほぐし頭から足の先までマッサージする
熱が下がりますように言いながらね
それは　それは冷たくてね
魔法にかかったみたいに眠くなる
熱が下がりますように　元気になりますように
声が聞こえてくるよ

気がつけば朝
夕べの熱もすっかり引いてね
庭は実のなるはずのバナナの木の葉殻（ファーガラ）でいっぱい
惜しいと言わなかったよ

でもバナナを見ると
熱を出した夜中のことを思い出すよ

赤しょうびん

火の鳥　狩りする赤しょうびん＊
斜面の赤土に紛れた巣穴で子育て真最中
裏木戸の先　虫を咥えて行ったり来たり
なぜかひなの声なし

ひなを狙う青大将　鋭い爪と嘴　一撃退散
顔をのぞかせたり音を立てるだけで警戒
　光るところを狙う　目でもやられては大変
　ひなが巣立つまでは近づくな！

赤い嘴　赤い羽根　かわいい仕草
やっぱり見たい
気づかれないようにそっと
木戸のすき間からのぞく

巣立ちのとき　赤土けって旅に出る
飛んでる青空　炎の舞
一羽　一羽　炎の舞
青空にも山の緑にも染まらず
一目散に飛んでいく

＊赤しょうびん＝全身燃えるような赤い色をしたカワセミの仲間で、
「火の鳥」の異名をもつ。

Ⅱ　私に託された言葉　——命どぅ宝

抱っこしてもらえたのに

縁組みは出兵する前にさせられたさー
戦死したと知らされた時は
大きなおなかに赤ちゃんがいてね

やがて首里は火の海
人を踏まないと通れないくらいになった
死にたくない　死にたくない
みんな南部や北部に逃げたさー

空襲は激しくなるし家は焼き尽くされるし
何処でこどもを産もうかばかり考えたさー
屋根のある所と言えば横倒しのドラム缶の中
雨風しのげるだけでもありがたかったよ
そこで子育てする人もいたよ

生まれた赤ちゃん泣かしてばかり
食べるものがないからお乳の出が悪くてねー
でも親子で生き延び無事に終戦迎えられて
ほっとしたさー

戦争さえなかったら
父ちゃんに抱っこしてもらえたのに
まいにち　毎日言ったさー

アームさんの喫茶店

アームさんのママは御年八三歳
野菜果物何でもそろうお店のお向いさん
今日も買い物ついでに立ち寄る常連さんで一杯
三〇〇円でおかわり自由の格安コーヒーにおつまみ付き

ゆんたくひんたく* 昔ばなしに花が咲く
青春時代の忘れられない一番の思い出は戦争
あの時はお互い大変だったねー
話の始まりは何時もお決まり

ママは足の傷をさすりながら話してる
防空壕でハブに足をかまれたときはさー
お母さんがカミソリで切り裂いて
口に水を含んでは血を吸いだし
また 水を含んでは血を吸いだし
何度もしてくれたおかげで助かったさー

*ああでもないこうでもないと
おしゃべりする

二、三日で熱は引いたけど
お母さんは顔がはれ上がって可哀そうだったさー
今の命は母のおかげ……
戦争中は今では考えられないけどね
友軍の兵隊の命令は絶対きかないといけなかったさー
小学生くらいの女の子に壕の中を見てきなさいだった
ハブにかまれたくないからずるいよねー

でも　今は幸せ私は娘一人育てたら
娘は五人も孫を生んでくれて賑やかさー

ぼくは　胸を撃たれた母親の背中で泣いていた
死んでいる母の帯をほどき抱いて逃げてくれた
たまたま親戚に見つけられたおかげで命があるさー
お父さんは無事戦争から帰ってきたからよかったさー
いろいろあったけど六人の子宝に恵まれたのが救いさー

生き残った人たちはみんな艦砲ぬ喰ぇー残さーだよ*

*艦砲射撃の食い散らかした残りもの

ぼくは畑仕事をしているとき爆弾が破裂して片手失くした
思う様に仕事が見つからず大変だった
四人の子どもたちを食べさせるのにも苦労した
命あるだけでもよかったさー
今日も家の近くの学校のグランドは立ち入り禁止
不発弾の処理で　物々しく警戒しているから　逃げてきたさー
もう直ぐ戦後八〇年近いのに　あっちこっちで出てくるねー

でも　四人の子ども　たくさんの孫に囲まれ最高さー

深いしわ　優しい笑顔
誰かが歌いだす
いゃん　わんにん*　艦砲ぬくぇーぬくさー

*あなたも　わたしも

誰かが歌うよ
　わんにん　いゃん　艦砲ぬくぇーぬくさー
そうだそうだと歌いだす

話の終わりもお決まり
　今こうして生きていることが幸せ
子や孫の栄えが見られて幸せ
美味しいものが食べられて幸せ
楽しい話ができて幸せ
あっちに行った人たちは可哀そう
もう少しゆっくりさせてもらってあっち行った時

平和になったよ　楽しかったよ
あの人にもこの人にも
報告しようね

時計　──アームさんの喫茶店での話

あれ　また　はじまった
言っていいねー
聞いてあげるよー
じゃあ話すよー

わたしはさー　しょっちゅう後悔しているよ
糸満は激戦地だったでしょう
空襲に追われて　追われて
走っても　走っても　死体ばっかり　恐ろしくてさー
土手に血まみれになった兵隊さんが死んでいる
その兵隊さんの目玉だけが動いてさー
わたしは心臓がとまるぐらい怖かったさー
その兵隊さんが
あげると言うさー

見たら腕時計よ
力をふりしぼって腕時計を渡そうとしたさー
一瞬迷ったけど怖くて怖くてねー
そのまま走って逃げたさー

あの時腕時計もらってあげればよかったのに
兵隊さん安心して死んでいけただろうに
もしかしたら家族に返せたかもしれないのに
わたしはしょっちゅう後悔してるさ
あげるといったのにもらわなくてさー

いつものおばあさんはいつも時計の話をする
おばあさんの心の中ではあの時の時計の針は止まったまま

生き抜く

広島の呉から満洲へ渡った父
戦況は悪化するばかり
中国大陸を南へ　南へ　行軍

昼間は野山に身をひそめ
食料を調達する食糧班は必ず数人で出かける
一人で行って背中に鍬を立てられたものもいる
父が隊長のために出来ること
竹で作ったお箸をいつでも用意すること

夜になると行軍
険しい山道
足元の様子を伝言していく
石がある　石がある　石がある　牛がいる　牛がいる

何処を探しても　牛は見つからず

砲撃を受けると山の反対側を走り抜ける
必ず誰かが犠牲になる
黄河流域を行軍中　決まりを守れない者に下される罰
泥の大河　見つけるのが難しい
「石を拾ってこい」

いつ終わるとも知れないサバイバル
次々に倒れて置き去りにされていく仲間たち
最後の言葉は「お母さん」
命絶えた友の瞼を　そっと閉じ手を合わせる
また行軍

やっとシャム（タイ）に辿り着いた
生き抜いたわずかな隊員と隊長
祖国日本に帰る船上　隊員証明書を和紙に書く隊長

お国に帰って何かの役に立つかもしれないからと
出来る限り最上級の階級を　一人ひとり手渡す

生きて帰っても何の保証もなかった
ただの紙切れでしかなかった
生き抜いたことが果報者
時に泥酔すると　隊長と敬礼する
戦友と酒を酌み交わしている

危篤で家族に囲まれた父のもとへ
最後の友が訪ねてきた
水盃で乾杯！
父は体を起こして手を上げ微笑んだ
涙を流すおじさん
名前を呼び合っている

アメリカーはひーじゃ目玉(みんたま)

戦争が始まった頃
アメリカーはひーじゃ目玉*　鳥目夜は目が見えない
（竹やりで突き殺したらいい）との噂
いざ上陸　初めて彼らを見たときは魔物
足は震え体がすくんだ
何と夜は目の見えないはずの魔物たちが歩いてる
アホらしいーけど二度腰を抜かした本当の話

＊ひーじゃ目玉＝やぎの目玉

祈り

敵機は滑走路を目がけて空爆を繰り返す
やられたところに土を運んで穴埋めをする
少年兵　民間人　若い女の人まで総動員

寝食は墓の中
沖縄の墓は一族が眠る門中墓
墓から骨壺を取り出しその中で暮らす
墓の隙間から
満天の星
涼しい夜風
青春の若者たち
　戦争が終わったらどんなことをしたい?
語り合いながらいつしか墓の中で眠りにつく

朝になるとまた空爆
作業中の途中にやってくる低空飛行
滑走路の両側の麦畑に走る

死んだ時目玉が飛び出さないように
目と耳を指先で強く押し倒れこむ
爆音　爆風　砂利の嵐　数メートル先に着弾
間一髪　放心状態　震えだす
震えが止まらない　立てない　歩けない
それでもみんなで腕をつかみ合いながら
ようやく滑走路にもどり穴埋めの作業を始める
毎日　ひとり　また一人といなくなっていく

このままだとみんな玉砕してしまう
この戦（いくさ）　早く終わらせてください
並べられた頭蓋骨に　祈る
満天の星に　祈る
この戦争　早く終わりますように
この戦争　早く終わらせてください

少年兵

夜が明ける
少年兵がまた一人
またひとり
滑走路から飛び立つ
紅色に染まる頬　輝く瞳
瑞々しいはだの若者
同じ場所で過ごした仲間たち

沖に群がる軍艦を沈めろ
隊長と酌み交わす水杯　敬礼
　行けー
　　行きます
片道きっぷの特攻

死に急ぐことはないのに
これからなのに　もったいない

目の前の滑走路から空へ高く　高く飛ぶ
間もなく集中砲火の嵐
爆発炎上　海に消え散る
消えてもなお　生きてますように
奇跡がおこりますようにと両手を合わせる
消えた命よ　せめて　安らかにと祈る
あまりにも　もったいない
もったいない!!

勝っちゃん　よく来たね

五年生の夏休み
大好きなおじさんの家へ四、五日遊びに行った
昼食後におばさんとみんなでおしゃべりを楽しんでいた

　おばさんのお母さんはどうしているの？

私が聞くと急に暗い顔になって話し出した

　おばさんがちょうどあんたと同じ五年生の時亡くなった
　村の人たちが疎開しているところへたくさん爆弾が落ちてきた
　多くの人がやられ皆必死に逃げた
　何処をどう逃げたか覚えていないさー
　うろうろしていると村の人に会った

あんたのお母さん足をやられていたよ　早くいってあげなさい
山道の上り下りを繰り返し走ってやっとたどり着いたさー
大勢の人の唸り声の中やっと見つけた　お母さん
テントの中にも入れてもらえず
太陽にさらされて倒れていた　すぐに木陰に休ませたよ
「勝っちゃん　よく来たね　ありがとう」
と言うのが精いっぱい　足から蛆がわいていたさー
翌日息を引き取ったけど泣いてばかりもおれんでしょう
穴掘りを大人に頼んで埋めたよ
戦争は激しさを増すばかり　いつ終わるかわからないでしょう
そのままにしておくと何処に埋めたかわからなくなるでしょう
海の石を取ってきて墓石にしたよ
薬も何にもなかったからねー　どうしようもなかったさー

おばさんは泣いていた　みんなも泣いた

捕虜収容所

強制的に米軍トラックに乗せられて収容所に送られる
何もない所に茅を刈り掘っ立て小屋で雨風をしのぐ
野生の草木の葉っぱ　海藻　口に入れられる物全て食べる
やがて　食料品を取りに行くことだけ許される
芋ほりに実家の呉我山に数時間かけて往復する
重い荷物が首に肩に食い込む
水は川まで汲みに行き缶に入れて運ぶ
穴を掘っただけの共同トイレ

初めに捕虜になった人の中には
ここにいてもどうせ殺されると脱走
目前で射殺されていった

時々女の人の叫び声が聞こえる
若い女の人は髪を短く刈り上げ顔に鍋炭を塗りたくる
着物を短く着て出来るだけ汚らしい子どもに変身
軍人から身を守るため

数か月の捕虜収容所生活も終わりを告げる
せっかく帰れたのに焼かれて家がない人々
そこへマラリアが蔓延　追い打ちをかける
食べ物も薬もない
水にぬらした手ぬぐいで頭を冷やすだけ
次々と老若男女がこの世を去る
戦(いくさ)は弱い者から順番に全てを奪いつくすのか……

分かれ道

三人の子供たくさんの孫やひ孫
にぎやかで幸せな日々の暮らしの中
片時も忘れられないサイパン島
父が　母が　姉が　弟が待つ島へ慰霊の旅
今年も分かれ道で祈りをささげる上原さん

太平洋戦争末期のサイパン島
伝令は　捕まると拷問される　殺される
バンザイクリフから　投身する人々
集団自決に追い込まれていく家族
空から海から砲弾の嵐の中
火の手が迫る　寄宿舎まで早く
途中Ｙ字路の分かれ道
父が叫ぶ

寄宿舎で会おう
ふり返るな　この道を真っすぐ進め
父母姉弟は右へ
長男は左へ
追手の飛行機は四人の方へ
銃声が響き渡る
真っすぐ　真っすぐ走った
振り返らず　ただ一人走った
ひたすら走った　真っすぐ走った
やっと寄宿舎にたどり着いた
声がすると外へ飛び出した
待って　待って　待ちわびた
けれど　一緒に過ごせるのは夢の中だけになった

多感な少年上原さんは十六歳で沖縄に帰ってきた
しかし　おじいさんとおばあさんの元を飛び出し　北海道へ
大学を卒業後　中学校の社会科の先生の道へ進んだ

数年後　故郷に帰り教壇に立ち続けた
平和の尊さ　命の大切さを子どもたちに伝え続けた
幾多の困難にも立ち向かい果敢に生きられた
人生の分かれ道に立たされる度
父の言霊が背中を押す
振り返るな　この道を真っすぐ進め
上原さんは自分の信じる道を走り続けた
人のため世のため走り続けた

御年九十一歳　天命を全うされた
父母姉弟と楽しく過ごしてね
天国で安らかに
と家族に見送られた
おじいちゃんが生き残ったから今がある
おばあちゃんが生き残ったから未来がある
子から孫へ　孫からひ孫へ
命のバトンは脈々と手渡されていく

これでも高志(こうし)　ほんとかね？

戦争は人を殺すのが商売だから
たくさん殺すことが「高い志(こころざし)」で偉い　仕方ないねー
子供のころ母から聞かされた言葉
母は自分の母親がどこで眠っているのか知らない
あだんの木の下の浜辺　それとも森の中
背中をやられ足を引きずりながら逃げていたと聞いた
戦争が始まるとおじいさんおばあさんと幼子と母
昼間は山中に身を潜め　夜に芋掘り
長男夫婦は娘を父母に託し次男夫婦と南洋の島へ
次男家族は無事引き揚げることができた
しかし　長男夫婦はいまだ帰らず

のどかな沖縄の島々
四月一日に上陸したアメリカ兵
どこに隠れようと追手は迫ってくる
がまで　防空壕で　野山で逃げ隠れ
激しさが増し夜でも飛んでくる焼夷弾
敵味方　さらには味方同士までも殺戮の世界
六月二十三日終戦
わずか三カ月　失った命四人に一人　二十万人
これでも高志かね？

Ⅲ　琉球政府だったころ

美傘（ちゅらがさ）

雨が降りそう！　父さん母さんがぬれる
傘を持って走り出す姉ちゃん
いっしょにいく！　後を追いかけるわたし
砂利道　でこぼこ石　ゴムぞうり
走って　走って　わき腹が痛いのくりかえし

さとうきび畑を抜けるとぽつぽつの雨
橋を通らず近道の川を渡る
いつもの川の置き石は渦巻き石の頭だけ見え隠れ
すべるなよ　転ぶなよ　傘をあずかる姉
また走る　農道の赤土に吸い込まれそうなぞうり

二度目の川わたり　降り出した雨

父さん　母さんがぬれる
広い川原だが　当たりは思いのほか深い
スカートをまくってもすそがぬれる
すべるなよ　転ぶなよ　流されるなよ　手をつないで

夏草生い茂る土手を抜けると本降りの雨
いよいよ山道へ　ここを登れば……
斜面の赤土　岩　小石　よく滑る　手をかけ登る
すべるなよ　転ぶなよ　もうすぐ　もうすぐ
雨水　川の水　草木の水滴　びしょぬれの服

やった！　山頂のパイナップル畑
傘持って来たよ！
かさもってきたよ！
こんなにぬれて　抱き寄せいい子いい子と母さん
怖い顔して　雨が降った川に絶対入るな
膝から上の水は危ない　転んだら助からんぞ

節くれだった手で　頭をなでる父さん

ああ虹！　しいな城（ぐすく）から乙羽岳まで　でっかい
こんなにきれいなのは生まれて初めてと母さん
今日はいい日だと父さん

あまりにもいい子たちだから
雨が止んだのはきっと天の神様が見ていて
太陽出したと話してる

帰り際　川を見下ろす
水は川幅いっぱい流れている
遠回りして帰るしかなかった
姉ちゃんは父さんと手をつないで
わたしは母さんの揺れる背かごの中
三人の声がだんだん遠くなっていく

お兄ちゃんの宝物

お兄ちゃんはメジロ取り名人
学校から帰ると仕掛けを作る
十数羽さえずりを競う
毎日　バッタをとって食べさせている

そんなある日
きれいな羽　美しい歌声
見つめているうちに触ってみたくなった
ふたを開けたとたん
一斉に飛び立った

どうしよう
兄ちゃんの宝物なのに
もうすぐヤギの草刈りから帰って来る

急いで裏山のパイナップル畑へ走って逃げた

夕ご飯になった
そっと家の中をのぞきこむ
兄ちゃんがうなだれている
父さんと作った空っぽのかごを見つめている
どうしよう

　だれも怒ったりしないから早く帰ってきたらいいのにね
父さんの声
　一番悪いことしたと反省しているよ　きっと
　兄ちゃんも許してくれると言っているのにね
母さんの声
私に聞こえるように話している
でも　すぐに出ていけない
兄ちゃんがあんなに大切にしていたメジロ
一羽残らず逃がしたんだもの

どうしよう　どうしよう

何時間たったのだろう
おなかはすくし
今にもハブが出てきそう
真っ暗でこわい

思いきって姿を見せた
ごめんも言えず
　早くご飯食べて　お腹すいたでしょう
笑顔で迎えてくれた
だれも小鳥のことは口にしなかった

とぅんぐわぐむい

昔々　大洪水で家が流され　台所丸ごと流れ着いた所
この淵を台所池(とぅんぐわぐむい)と呼ぶ
ジャングルの中　村の子どもたちは素足で走ったり泳いだり
時々重装備の探検隊がやってきて撮影している
決して一人で行ってはいけない
まじむん*に深みに引きずり込まれたら
生きては帰れないと言う

ある暑い夏の日　姉の江美ちゃんと二人で川へ
上着とスカートを脱ぎ捨て下着姿に
流れる水に体を浸し冷たい泉へ
岩の隙間から水が湧き出している
目を凝らすと暗い穴の奥　何かが動いている
たくさんのエビやカニが口に餌を運んでいる

＊まじむん＝魔物

体を冷やし　たっぷり水を飲む
やがて　水かけ合戦
流れに身を任せていると景色が流れていく
新緑の山々　岩間に咲く花
何処かでアカショウビンの歌声
ピーヒョロロロー　ピーヒョロロロー
カワセミ川面をゆらす
入れ替わり立ち代わり水浴びする野鳥
まっ白いふうとうの花々　青空に浮かぶ
乳色の甘い香りの実　風に揺れる

いつの間にか二人は歌いだす
岩間に反響して最高潮
これ以上出せないほどの大声

突然　校長先生が現れた

川面から首だけ出し姿隠す
肩にかけてあるタオルをほどいて汗を拭き
湧き水飲んで一息入れ微笑んでいる
ここは良いところだねー
気をつけて帰ってー
それだけ言って校長先生は森へと消えた
しまったー
馬鹿でかい声きかれたー
こんな姿も
みんなに知られたらー
校長先生みんなに言いふらさないかなー

月曜日ドキドキ登校
おはようー
いつにもまして笑顔　知らんふり
二人は元気いっぱい教室へ走った

花かくし

花を集めて
花かくし

庭に穴ほり
しきつめる
ガラスのふたして
土かぶせ
はじまり
はじまり

そっとのぞいて
目で遊ぶ
かくしたものは見たくなる
花かくし

花と遊ぶ

花園のガーベラ・百日草
　ほうせんか・ダリア
　松葉ボタン
　葉っぱのクロトン
　仲間入り
畑の畦の白ゆり　菖蒲
　野の草花
両手に抱えて摘んでくる
みんなでままごと始めましょう

ちぎって
トントン　まーぜ　まぜ
ちぎって
トントン　ぱーら　ぱら

お花のごちそう
いただきます
お口をぱくぱく
いただきます

花と遊ぶ　わたしたち
向こうに
笑顔の母がいる

せっせ
せっせと
花植える母がいる

フェー台風*

風速計は六五メートルで壊れた
親子ラジオの配線も切れた
薄暗い部屋の中台風一過を待つ

勢い増す暴風
ビュービュー　ゴゴンゴゴン　バサバサ雨戸を叩く
風に引き抜かれていく屋根の茅
天井の穴から黒雲　雨　木の葉が流れ飛ぶ
家中のバケツ　洗面器　たらい雨漏りに追いつかない

家全体がミシミシ揺れる
これ以上いると危険
風向きを見計らい瓦葺の本家へ

父は双子を両手に後を兄姉
母は弟を背負い妹を抱いて一列になり避難開始

豚小屋の前を通り過ぎた時
驚いた母豚柵を乗り越え後へ
　子豚ほっといてどうするの
お尻をパチン
ブヒーひと声　百キログラムは超す母さん豚
お乳すれすれ元の柵乗り越え戻っていく

途中川になった道路を誰かが流されていく
　たすけて
隣りのばあばあ
　木や草何でもいいから捕まって　先は暗渠だから
父が叫んでいる

本家につくと全力で駆けていく父

びしょ濡れのばあばあの手を引いて帰ってくる
　命拾いした
と震えている
池の鯉が流されないかと見に行ったら
自分が流されたのだと

台風がおさまり家へ
野菜畑にトイレが横倒し
豚小屋の屋根は空
夕ご飯抜きの豚さん
長いまつ毛キラキラお目々でブーブー
雨にぬれて光る鼻向けブーブーブー
ブーグーブーグーブーグー
　こんなに賢い母さん豚は珍しい
無事で何よりと母さん
トイレを台座に置いたり

屋根の萱刈　後片づけ
台風銀座の通り過ぎた後は大忙し

＊フェー台風＝アメリカの戦艦「フェー」から発信された情報

凸凹缶詰

あちらこちらで　宝さがし
探し物は何ですか
甘くて美味しい凸凹缶詰
上流のパイナップル工場から流れてきたよ
拾って食べ食べ泳いだよ

山も畑もパイナップル畑
大雨が降り続くと川が氾濫
赤土の濁流　家畜小屋も飲み込まれ　空っぽ
豚　ヤギ　畑や森の川岸　海岸沿いまで流れ着く
雨が止む
飼い主　家畜の回収大忙し

最盛期　村人総出で働いても人手不足
台湾からたくさんの女工さんやってくる
景気が良くなり活気づく
次々　誕生　パイナップル御殿

それと同時に
下流の村　畑も道も水浸し
床上浸水　てんやわんやの大騒ぎ

お母さんの思い出

大雨の時
溝は小川になる
普段は草の生えた単なる溝
大雨の時は溝から濁流があふれ出し
そのあとは清流の小川になる

大雨の後は良いことがある
小エビ　さわがに　いもり　ふな
山椒魚が流れてくる
それが楽しい

大雨が降ると助かることがある
遠くの川まで洗濯に行かなくていいから
八人分の洗濯物をできた小川で洗えるから

遠くの川へ行った帰り道は
たらいにいっぱいの洗濯物が
重くて重たくて首が曲がってしまいそう
　いつもこんな水が流れていたらいいのに
と笑う

大雨が降るといつも母の言葉と
母の姿を思い出す

おにぎり

隣りのばあばあ
あいさつはいつもご飯食べたか？
ご飯よりお芋を食べているのを知ってる
遊びに行くと家ではあまり食べられない
めずらしいお菓子やあめ何でも……
ご飯のこっているけど食べてくれる？
たまににぎってくれるおにぎり
おいしいか？
九の字に曲がった腰を伸ばして
笑顔で見つめている

シィークワーサー狩り

由美とさくらはいじめっ子
言うこと聞かないと仲間はずれにする
かばうと自分がターゲット
いくら考えても良い方法は思いつかない

ある日仲よしの五人で
シィークワーサー狩りの相談
聞きつけた二人も行くと譲らない
内心ひやひや何だか嫌な予感

学校集合いよいよ出発
郡道から農道へさらに細い山道へ　やっと到着
羽地内海が一望　海の青　船の白が眩しい
山頂の心地良い風で汗は吹き消されていく

草をかき分け進む　今にもハブが出てきそう
さらに奥へ　山の斜面黄金色に色づいた実
木によじ登り夢中になってもぎ取る
岩だらけの足元　転ぶと谷川まで真っ逆さま

声を掛け合い広場へ移動開始
草刈りを終えたばかり苔の絨毯が広がっている
木々に囲まれた木陰やんわり冷たい
車座になり甘酸っぱい実をほおばる

いつの間にか寝転んでおしゃべりに花がさく
小鳥やチョウ空を横切る
中学生のお姉ちゃんに教えてもらった歌を歌いだす
何度も練習していくうちにみんな自信満々
　泉に水くみにきて娘らが話していた
若者がここへ来たら冷たい水あげましょう……

ちょっぴり気取って恋する乙女になった

南の木は太陽をあび横に枝を広げる
そうしじゅう　いじゅ　いろいろな木々
お気に入りの木に登り思い思いに枝を揺らし大合唱
いつの間にか夕日に代わっている
早く山を下りないと!!

家族へのお土産のシィークワーサー
スカートのゴムにシャツを入れ袋替わり
まるで妊婦さんのようなお腹
自分はさておき人見て笑いが止まらない

また一緒に行こうね
予想をはるかに超え友だちに
遊ぶ度に意地悪はやさしさに代わっていく

ああ　命薬（ぬちぐすい）

休みの日はみんなでパイナップル畑へ
四十度超す暑さの中
手袋　上下長袖　首に手ぬぐい
全身から流れ出る汗
葉っぱは針の山
むき出しの肌では傷だらけになる
渇きをいやすのは水が一番

子どもたちは知っている
畑仕事がどんなに大変か
来る日も来る日も畑
父さん　母さん　は
スーパーマン

今日も畑から帰って来た
気づいた子どもは
大急ぎ
コップを持って出迎える
はい水！
はい水！
縁側に腰を下ろし一気に飲み干す
ああー生きかえった　命薬！

一杯の水なのに
世界一の笑顔に会えるんだもの

おじいさんとハブ

昔私が生まれる前のこと
おじいさんの日課はヤギのための草刈り
浜下(はまう)り*の日だから今日はゆっくりしたら
ヤギも草を食べないとお腹すくだろ
家族の止めるのも聞かず草刈りに出かけた

林の草場につくとさっそく草刈りを始めた
草陰で一息入れた　その時
木の上でとぐろを巻いてるハブに頭の動脈をやられた
こいつにやられた
助からないと知ってか
大物のハブの頭を鎌で突き刺し帰ってきた

その日のうちに毒が回り体中腫れ上がり呼吸困難
のど元に穴をあけ管を入れ気道確保
そうしないとすぐ死んでしまうから
父以外の人が管を持つとガラガラ音を立て苦しんだ
一週間　管を持ち続けた父のもとから逝ってしまった

親孝行したねとおばあさん
嚙まれどころが悪かったと悔しがった

*浜下り＝災厄を払い除くために、浜辺に出て行う清めの行事

お父さんとハブ

パイナップル畑にするため森を開墾する父
木を伐採し切り株を取り除いている時
ハブに足を噛まれる
鎌でタオルを切り裂き膝と太ももを縛る
そのまま山頂から道路へ駆け下り
両手を広げハブにやられた　のサイン
ダンプカーはユーターン　村の病院へ直行
その人は名前も告げずに立ち去る
無事毒だししたものの一週間高熱と痛みにうなされ
ふくらはぎの筋肉は削げ落ち元に戻ることはない

数年後　石山の開墾
ブルドーザーで地ならしした後
シャベルでの手作業

石を取り除いた瞬間　今度は手
シャツを切り裂き数か所縛り上げる
家を建てている大工さんのもとへ駆け込む
切って血を出してくれ
怖さに誰一人手出しできない
遂に腰の鎌を振り上げ自分で手を切る
血は天井高く飛び散り出血多量
草原で遊んでいる私たちの前方の車道
自転車の後部座席に乗った父がいる
お父さんどこ行くの
元気なく手を振るだけ
この日も通りかかった車で病院へ
ハブにやられたら時間との闘い
総動員で助けてくれる

お父さんはネズミ年だからハブに好かれているのかね
とお母さん

お母さんとハブ

夏の太陽を浴びたパイナップル
一本の木に一個の実
過熟させたら廃棄　一年の苦労が水の泡
色づいた実を次々と背籠の中へ
集積場と段々畑の往来
選別のため足元を見るゆとりさえない

ある日突然
素足の上生ぬるい物体がスー
三角頭のハブ
息を止め足は棒になる
やっと渡り終えた

とぐろ巻いていたらやられるところだった
やれやれ
辰年だったからかまれなかったさー

だって

きょうだいげんか

ブーブー・ガーガー
モーけっこう
かげ口　悪口　言い放題
何をおっしゃる　うさぎさん
飛んで　跳ねて
また　飛んで
こんこんちきの石頭

言っても　言っても　まだ足らん
自分　自分と叫びます
勝った　勝ったと勇み足
負けてる自分も見え隠れ
ついに手が出る
足が出る

どっちもどっちと母の声
ごめんなさいの一言が
言えない　言わない
きょうだいげんか

一生絶交
顔も見たくない
言ってる先から遊んでる
勝負が早いよ
きょうだいげんか

満天の星

つつがなく終える今日の一日にふと故郷沖縄の星空が蘇る
ブルーアイ　金髪の愛くるしい2歳のジョージと4歳のロバート
今ごろどうしているだろうか

ベトナム戦争に出向くジョンのためのささやかな壮行会
ジョージもロバートも次々と膝に抱かれてはしゃぎまわっている
妻の通訳もありその場は出兵を忘れさす笑い声で包まれていた
固い握手を交わし外に出ると満天の星　誰もが静かに祈っていた

嘉手納基地では妻を子どもを抱きしめたまま離そうとしないジョン
きっと帰ってくる！　ここで待っているから！
言葉にならない言葉は見送る人たちの心の中にも迫ってくる
ジョンは滑走路に跪き口づけをした後　飛び立った

帰ってきたよ　ジョンが帰ってきた　みんな胸を撫で下ろした
しかし　戦火を潜って生還した彼は別人になっていた
最愛の妻がベトナム人に見えるのか耐え難いＤＶ　蛮行　酒乱
ジョンの苦しみはそのまま妻の苦しみになっていった
命の危機にさらされるたび　妻は姿を消すほかなかった
残されたジョンはジョージを肩車に　ロバートの手をひき
大きなトランクを持ち私の家の前の砂利道を歩いて妻の実家へと
憔悴しきったジョンの背中が坂道をのぼっていく

パパー　Don't go!　パパー！　パパー！　Don't go!　Don't go!
幼い二人の叫び声は満天の星に吸い込まれるように消えていった

夫の病　母子の運命を引き裂き共に本国への夢は断たれた
ママー　Don't go!　ママー！　ママー！　Don't go!　Don't go!

あれから半世紀余り　全ての光景があの日のまま刻まれている
幼い二人の叫び声と共に　今も私は　生きているのだ

琉球政府

ベトナム戦争の真っ最中迷彩服の兵士たち
基地から基地へ軍用車両トラック　ジープ　乗用車
郡道を走り抜ける
演習は山中　民家の近くでも続けられる
射撃訓練　ラッカサン部隊飛来する
音もさながら凄まじい地響きの大砲
打ち込まれた砲弾　山肌は赤土がむき出している

毎年ラジオから繰り返される（○○ちゃん殺し）
幼い女の子　小学生　中学生　若い女性　命を奪われていく
基地に逃げ込まれたら誰がだれだか判らない
生きるも死ぬも人としての当たり前の人権
裁判する権利すらない島人（しまんちゅう）
犯罪者は本国に送還され精神疾患者　無罪になると聞く

誘拐されたらおわり米兵の車がきたら
どこでもいいから逃げなさい　母の口癖

学校の登下校は郡道を通る
砂利が敷き詰められた道路
車が通る度白い煙のように舞い上がる土ぼこり
道端の樹木　草木全て真っ白

軍の車は音でわかる一段と大きい
逃げろ！　下水の溝　斜面の草木の中　農道へ
間に合わないときはすぐ近くの松の木の後ろへ
数台連ねて来る時はじーとうずくまり待つ
やれやれ！　元の道に出てきたら上から下まで真っ白
パタパタ払いのけながら帰って行く

ある日逃げ遅れた　振り向くとトラックの荷台
立ち上がり銃口をこちらに向けネズミでも狙うような仕草

顔を引きつらせている姿に笑い合っている

こども心にも米兵居なくなってほしいなー　思いは募る
何時しか島人の願い祖国復帰
本土にかえれば平和に暮らせる幸せになれると信じて
　アメリカ　出ていけ‼
　沖縄返せ‼
シュプレヒコール　拳を上げる祖国復帰行進団
日の丸の旗を振り出迎える人々

生徒会活動の全校集会の議題
いかにして祖国復帰するか‼
活発に話し合っても歯が立たないとわかっていながら
日常にドルを使い道路車も左側通行　正にアメリカ
琉球政府発行のパスポートで本土に渡航
政府に反対する者パスポートがおりないことも

長きにわたる悲願は叶うもの
時代の幕は下りやがて夜明けが来た沖縄県

Ⅳ　ありのまま

ひ・み・つ

ハナムグリが花から花へ
あれえ　なにしてるの
あ　おしりフリフリしているよ
あたまが　黄色くなってるよ

子どもたちは虫に
虫は花に
私は花にひみつを

恋愛

恋って見えない
愛って見えない
見えないから追いかける
心のシャッターを切り続ける

水たまりがいった

うつしてあげるよ
今しかないからね

みんなうつしてあげる
３６０度の宇宙
見る角度で何でもうつる

吸い込まれていくね
確かめるためにのぞき込むよ

まねっこ
石なげ
ぼうでぐちゃぐちゃ

どろどろ
やりたいほうだい

たのしいね
うんたのしい

水たまりとお話しできる子は
ほんとうのこどもだよ

高い所からではございますが

ハーイ　そこのお兄さん　お父さん
行ってらっしゃい
ハーイ　お姉さん　子どもたち
ごきげんよう
一生懸命枝ゆらして
応援しているよ

これ以上腰曲げられん
おまじない
今日もいいことありますように
美味しいものが食べられますように
何事もうまくいきますように

高い所からではございますが
精一杯背中押しますよ

ベニシジミ

こんな所でいったい何をしている
猛暑日の昼下がり
行ったり来たりを繰り返す蝶
アスファルトとコンクリートの隙間
数本のちいさな小さな雑草
羽を横たえ葉っぱの下に腹を丸め
産みつける数ミリのたまご
一つの葉っぱに一つの命
一粒　また一粒
風もないのに羽は小刻みに揺れ
また　一粒

コンクリートだらけの住宅街
十メートル先に草むらの公園
建物で道は消え　たどり着けなかったのか
産みの苦しみとアスファルトの熱
一羽の美しいベニシジミ
あなたは知っているのか
ここでは生きられないことを

数日間の警戒アラート
草は枯れ　蝶も消え
ここは　ただのアスファルトの道路

全ては掌の中にある

何でこんなことができない
足りないことに不満
来る日も来る日も目で責める
がんばれの一点張り
もうこれ以上は……
もがき苦しんでいると言うのに

部屋の片隅
背中を丸め小さくなっている
気づけなくてごめん
詫びても　詫びても
涙は枯れることはない

ただ命を抱きしめ
この世に生まれてきてくれたことに感謝
喜びに震えたあの日がよみがえる

傷が治ると飛び立った
大きく羽ばたき飛び去った
いろいろありがとうの言葉を残し

頑張りすぎないでね
無理しないでね
口ぐせになった

天国も地獄も全て掌の中にある

炊き出し

週に二回の炊き出しの日
百人は超す長蛇の列
炎天下二時間も待ち続ける
おじさんが大きな釜で麺を湯がいている

　写真撮ってもいいですか
　大きな釜だけにかまへんかまへん
　みんな食わな　生きられへんからなー

滴り落ちる汗　手拭いが濡れている

　お待たせしました

満面の笑みの教会のシスター
割りばし片手にどんぶり見つめて

　おおきに

おかわりはスパゲティーですよ
急いで食べて　また並ぶ
お腹いっぱいになると去っていった
　皆さんもどうぞ食べてください

カレーライスをいただき一安心
阿吽の呼吸の後片付け
次回を約束して解散
そこは　静かな元の公園
炊き出しで命をつなぐ人がいる

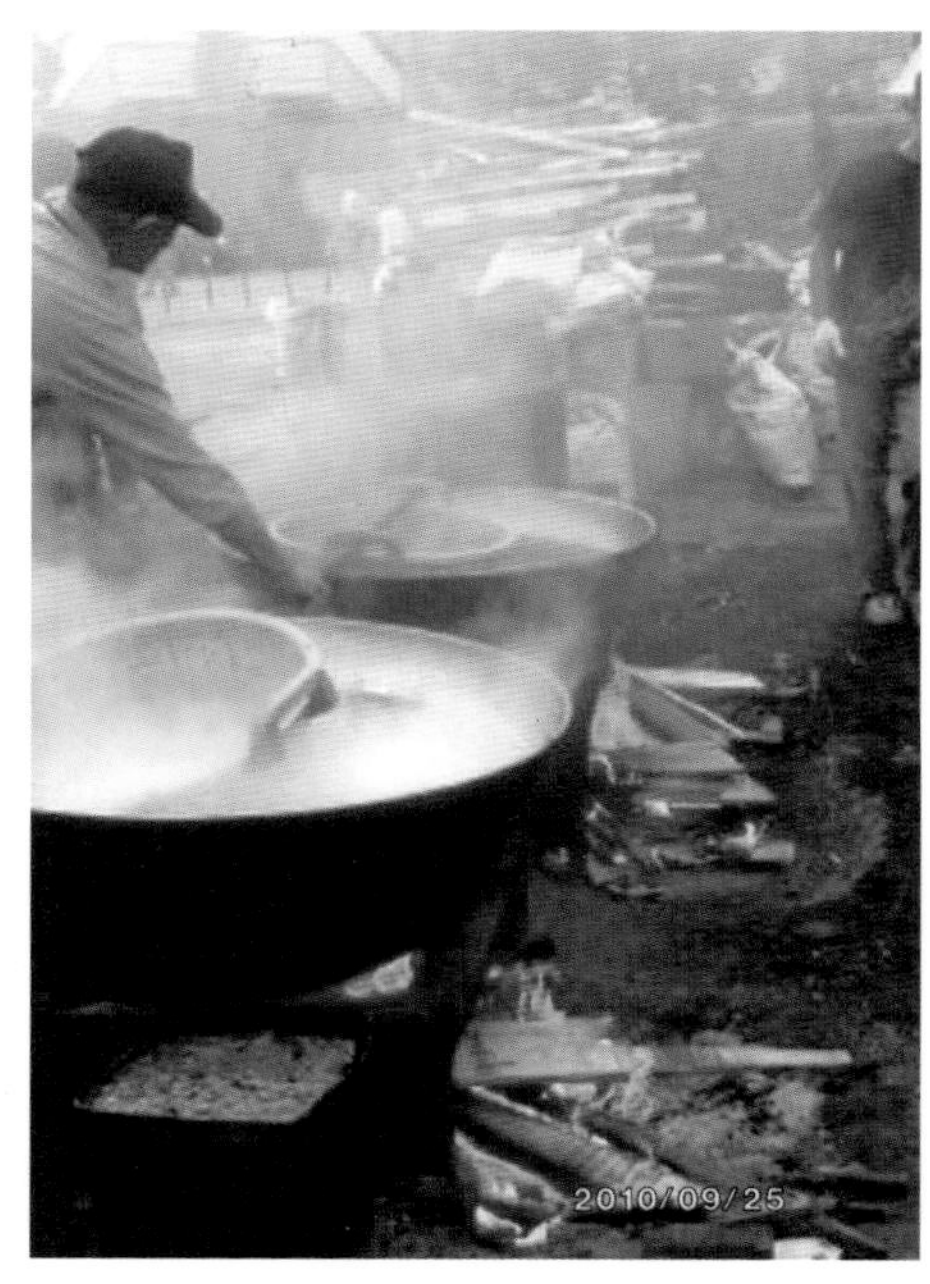

真っ赤に咲く

真っ赤なビロードを着たアマリリス
故郷の我が家に咲いていた
一つの茎に四輪の花
四方八方　照らしていた

大阪に帰るとき
庭に植えなさい
そっと渡してくれたお土産
毎年恒例
我が家の庭は華やいだ

父が亡くなって数十年
緑の葉だけになった

忘れかけたころ
真っ赤なビロードを着たアマリリス
四方八方　照らしている
お父さんここにおられたのですね

お父さんの花が咲いている
今ここに

幸せの貯金箱

涙は　人生の貯金箱

地球上のどこでもいい
生きてさえいれば
いいことに巡り合える
ありのままで愛し合える人と

人生はネバーエンディング

ネバーエンディング

少しまって
あした
あしたまで
きっといいことあるから
生きてるだけでいいのです
生きてることがいいのです

生きているもの全て
ただ生きているのではありません
生きぬいて今ここに立っている
存在するもの全て
存在する理由があるのです
存在しぬいて今そこにある

地球上の何処でもいい
生きているほうがいいに決まってる
生きてさえいれば
良いことの一つや二つ見つかるはず
人生はネバーエンディング

Ⅴ 学校

魔法

やさしい声かけ
心　ぽっかぽっか
いやな声かけ
心　ペッチャンコ

かけられた数だけ
やる気と根気
自信と勇気
ピンチがチャンスに

かけた数だけ
笑顔と信頼がうまれる

幸せ運ぶ
キラキラ言葉
あなたは
だれに
どんな魔法をかけますか

あの子

あの子がいると
うち　うれしいねん

だいじょうぶ　いっしょに遊ぼ
手伝おうか
めっちゃ　いいことも　せえへん
めっちゃ　あかんことも　せえへん
けど　一生懸命

あの子がいると
うち　落ちつくねん

やさしやろ　約束守るやろ
いつも気いつこうてくれる
めっちゃ　失敗してはる
めっちゃ　しっかりしてはる
そやから　なんでも話せる

あの子がいると
うち　笑ってまうねん

こいつ

なんだって　思いどおり
おれが　主人公
おれに　合わせろ
おれが良ければ
それでいい
おまえらのこと
どうでもええ
知ったことかい
毎日毎日
好き勝手
やりたいほうだい

小さな戦争　ドンパッチ
勉強　そっちのけ

強い者勝ち
口が悪けりゃ
それでいい
のさばりちらす
無法地帯
心はズタズタ
毎日毎日
不安心配
やらせほうだい

こいつらを
ほうっておいていいのか
みんなこいつになって
こいつのクラス作ってやろうか

人の悪い所見て　責めろ
人の好い所見て　ばかにしろ

こいつが数人いるだけで
こいつら恐いものなし

こいつらを
ほうっておいていいのか
みんなこいつになって
こいつのクラス作ってやろうか

ほんまに
こんなクラスでいいのか

学校っていいなー

おはようございます
校門で出迎える先生たち
おはようございます
中学校の生徒さんも
一人ひとりに笑顔のハイタッチを繰り返す
なんて素敵な子どもたち
この学校に来て本当に良かった
生徒会活動だからやっているのではなく
どうぞ　どうぞ　幸せのお裾分けですよ
いっぺんに目が覚め　パワーアップ
スイッチオン　青信号
おはようございます
班旗をもって見送るお父さんやお母さん
ごくろうさま

子どもは百人百色
夢と希望をかばんに背負って
教室へと上がる
元気な声が校舎中に響き渡る
やがて運動場がにぎやかになる
今日も一日頑張ろう

ここではお母さんの手を離さない
そこでは駄々をこね泣いている
あちらでは教室に入れない
どうしたんだろう
ほら　ほら　優しい花が咲いているよ
一緒に行こう
声をかけ続ける子どもたちがいるよ
親も子も先生も汗だく
みんな子ども色に染まる

みんなで勉強
みんなで運動
みんなで遊ぶ
みんなで給食
みんなで　皆で　みんなだよ
いっしょに　一緒に　いっしょだよ

ひとは　人を浴びて　人になる
こどもは　こどもを浴びて　子どもになる
あびて　浴びて　本物になる
学校っていいなー

食育

子どもたちにおいしい野菜を育てる
楽しさを経験させせましょう

校庭の隅っこで畑づくり
硬い土に鍬を振り下ろす
手のまめから血が噴き出す
石ころ　ゴロゴロ　ザクザク取り除く
四十センチメートル掘り下げる
角の取れた石ころ出現
昔河原だった証

地中深く眠る雑草の根　石ころ取り除く
引き換えに落ち葉を敷き詰める
苦土石灰　肥料　油粕混ぜ　土床(つちどこ)完成

指で穴あけ
小さな小さな種をまく

大根　水菜　玉ねぎ　菜の葉
ふわふわ土布団の中　生かされる
寒い雨風なんのその　変身の術
冬の日差し浴び
ゆっくり　ゆっくり
お日様が育てます

待ちに待った収穫祭
獲ったぞー　笑顔いっぱい
お家で料理してもらったメニューは
大根おろし　煮もの　サラダ　・・・
水やり　虫取り　せっせとお世話する

食育の原点は種をまくこと！

幸一君　がんばれ

もうすぐひっこしなんだ
ママとパパはあたらしいいえでくらせるからって
よろこんでいるけど

一ねん一くみのきょうしつでべんきょうするのもあとすこし
あさがくるとまた　なみだがかってにでてくるんだ
いやだよ　てんこうなんか　ここがいいよ

はじめてともだちだよといってくれた　にしくん
ほいくえんのときからいっしょだった　なかじまくん
よくけんかもしたけど　だいすきなんだ

あたらしいがっこうでともだちはできるかしんぱいなんだ

せんせいは
「幸一君ならすぐお友達出来るよ
　いい子だから　泣かないで」
いうけど

まどのそと　くもがながれている
みんなぼくのことわすれないでね
ぼくもみんなのこと　ぜったいわすれないよ

あそぼう　早く行こう
誰かが手を引っぱり　運動場へかけだす
いっぱい遊んで　がんばれと見送る私

アオサギ

校庭の小さな池
長い脚のアオサギ一羽
プチン　プチン　プチーン
鋭い嘴　これでもかと何度も突き回す
プチン　プチン　プチーン
大きな銀ブナ息絶え水面に浮き沈み
最後　その嘴で串刺し空中に振り上げ雄叫び
丸ごと頭から飲み込む
長い首　銀ブナが吸い込まれていく

追い払うたび校舎の屋上で日向ぼっこ
再び池の水草に隠れている金魚も狙い撃ち
朝から夕方まで食べ尽くす

太鼓橋の下　身を寄せ合う魚
隙間からなおも餌食に
アーチ形のブロックの中
小さな魚が数匹逃げ隠れ
網をかけても囲いの石に立ち尽くし手を緩めない
なんと　恐ろしや　怖ろしや

大きなお魚がいない
叫ぶ子供たち
逃げて　隠れて
生きて　生き延びて

ボクはドーベルマン

今だ
鍵が開いている
柵を蹴飛ばし走った
走って　走って　走っているうちに
本当のボクを知った
　ボクは　ドーベルマン
　野山を狩りする　ドーベルマン

学校の門が開いている
憧れの場所
子どもたちのいる運動場へ

　大型犬が入ってきたぞー
　子どもたちが危ない

さすまた　棒　ほうき
ボクを取り囲む

　真っ赤な舌たらしとるわー
　恐ろしい牙むいて
　目も血走ってる
　襲われたらひとたまりもないなー

ボクは一緒に遊びたかっただけです
いくら叫んでも届くはずもない

おばさんが走ってきた
　この犬首輪しているから大丈夫
　おすわり
頭や顔背中を撫でてくれた
一気に力が抜けた

あんた犬にも強いねんなー
最強やん　怖くないのんかー
おばさんがみんなに言われている

すみません
この子探していたんです
お迎えがやっと来た
良かったね
いい子で待っていましたよ
おばさんがボクに言う

人間見た目で判断する
かなワン
ほんまに　かなワン　ワン

ふうふうふう

あいたた　泣いてる　この子には
ふうふうふう
痛いの痛いの飛んでいけ

熱くて　待てない　その子には
ふうふうふう
熱いの熱いの飛んでいけ

けんかして　プンプン　あの子には
ふうふうふう
むしゃくしゃ　モヤモヤ　飛んでいけ
びっくり　ぎょうてん　どの子にも

ふうふうふう
こわいの怖いの飛んでいけ
心を満たす呪文の言葉
ふうふうふう
ふうふう風さんこの手に止まれ

卒業生を送る会

一年生から六年生の心温まる呼びかけの後
全職員による心を込めた贈り物の劇
はじまり始まり
今年の出し物は白雪姫

王様は王冠を被った校長先生
白雪姫は美しいドレス
ピアノカバーを被る魔法使いのおばあさん
　美味しいリンゴはいかがですか
たべたらあかんー　どくやでー
会場のあちらこちらで叫んでいる
一口かじってたおれた
　あーあ　大きなため息
王子様が馬にまたがりやってきた
馬がヒヒーンと一声　立ち上がり
突然ですがそこでクイズ
　おーい　笑わしてなんぼの世界かー

七人の小人もそろいの衣装
お妃も森の動物たちも自家製の小道具
音楽係　舞台の裾で見ている仲間
顔を見合わせて笑い転げる
読み合わせは三分ほどなのに本番は十五分
一人一言二言の台本にアドリブを効かせる
舞台は誰もが主人公
終わりに全員でラインダンス
クラスの先生が登場するだけで
子どもたちの歓声が体育館に響き渡る

最後は子どもたちと一緒にお別れの歌
肩組み手をつなぎうたう歌
ありがとうさよなら
卒業生を送る会は涙と拍手の中
幕を閉じる

Ⅵ　ありがとう

呪文をかける

田舎から来たおばあちゃんと一緒に
みんなで出かける
手をつないでいた三歳の子がおばあちゃんに
「おんぶしてー」と言う
すると姉「よいしょっ」とおんぶ
しがみつく妹
ひょろひょろする姉
笑いながら　全力で坂道を上っていく

あれからいくつもの季節が過ぎ

今は二人ともお母さん
子育て真っ最中
当たり前にお母さんしている

ひょろひょろしながらも
たくさん笑って
ちょっぴり泣いて
子育ての坂道は
全力疾走

げんきな子に　なーれ！
やさしい子に　なーれ！
かしこい子に　なーれ！
しょっちゅう呪文をかけている

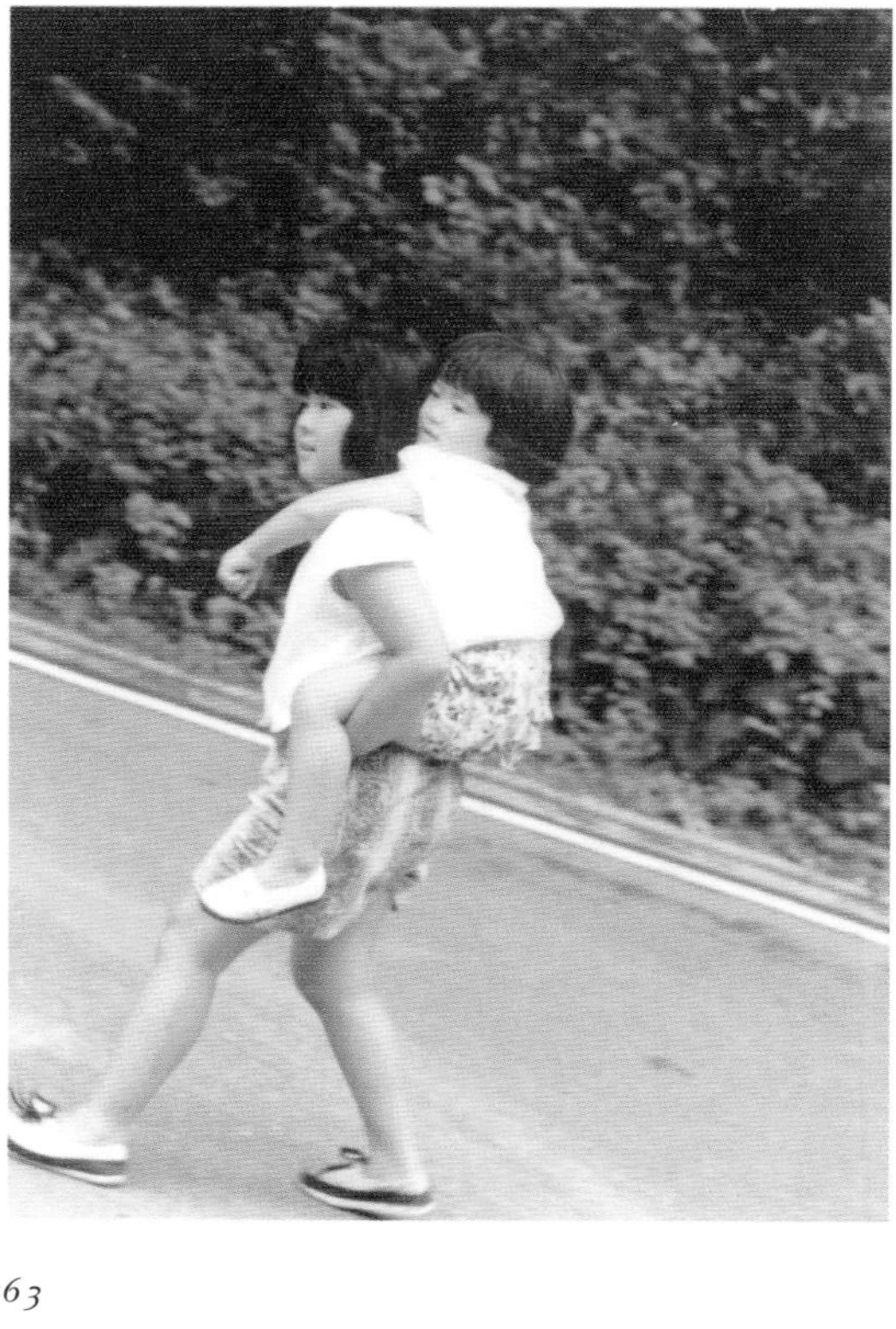

深酒するなー

飲みにケーションはコミュニケーション
常連さんいらっしゃい
無口でも口に入る美味しい食べ物がある
話下手でも聞き上手になると話が成立する
酒が入ると隣り合った人が昔からの知り合いのよう
何度も酌み交わすうちに絆が生まれる
さみしがり屋の集まりかな

深酒は百害あって一利なし
空中遊泳　田んぼが近づいてくる
田植えのころは泥んこ
稲刈りの時はふわっと着地　人型残す
夜遅く自転車押して千鳥足　転んで血だらけお岩さん
通りかかったご近所さん　えらいことやと　救急車呼ぶ
飛んで行った病院のベッド　手足顔面傷だらけ
なぜか足組　寛いでいる

顔面血だらけ白いシャツも赤く染まっている
若い娘さんに抱えられ帰ってくる
お名前だけでもと言ったのに
名乗るほどでもありませんと立ち去る
朝起きると前歯が四本転がっている
救急車に乗るのは嫌だと断固として断った
一一九番　三度目だから遠慮する
本当は一番行くべきだったなー
後悔しても　後の祭り

正月　わざわざ長崎からお取り寄せのぶり
電車の荷物棚に忘れ　家族はぶりぶり
怒られると思って死んだふりするなー
もーいい加減にしーやー
毎日焼酎一合　長寿の泉重千代さんにあやかるが口癖でしょう

どうして？

かっぷらーめん
おおきいの　ちいさいの
どうして？
　おおきいの　おとなよう
　ちいさいの　こどもよう

さあ　おふろはいろう
おばあちゃんのおしりおとなようだね
みつくんのこどもよう
ふりふりおどる

わーい　きもちいい
おばあちゃんのおててておとなよう

みつくんのこどもよう
パシャパシャあそんでる
おばあちゃんのぜんぶおとなよう
みつくんのぜんぶこどもよう
いちご　ちいさい
みつくんのぜんぶこどもよう

いしかりなべ

――みっちゃん

そこでクイズ
さてきょうのきゅうしょくはなんでしょうか

ヒントください

いのつく大おかずだよ

石やきビビンバ

ブブー

うーんわからん
もう一字だけ

いしか

いしかりなべ

ピンポン　ピンポン　おおあたり
じつはね　きょうそれが　しんぱいだったんだー
大おかずにいしがはいっていてそれをたべるのかなー
ともだちにきいてもわからない
せんせいにきいたらだいじょうぶですといってたよ
ほんとうにたべたらいしではなくシャケが入ってたんだ

めでたしめでたし

ううん　おいしい

　このあかいのなーに
鷹の爪
　おいしそう
ダメダメ辛いから
たべられないよ

　はなちゃん
からいべにしょうがしゅき
三歳やのにすごい
　だからあじみさせて
白菜ならいいよ
　ううん　おいしい

辛くない？
わたしおくちはこどもやけど
おなかはおとなやから
しろいとこもっとたべさせて
ううん　おいしい

ところではなちゃん
大人なのこどもなの
おとなでしゅ

おはなし

パパ
おとなは
くちでおはなしするでしょう

こどもは
みみで
おはなしするよ

はなちゃん（三歳）

だいすきだよ

おばあちゃん
はなからのプレゼント
はいどうぞ

赤ちゃんがコロナに

一歳になったばかりのいっちゃん　ワクチン打っていない
妊娠八か月のママ　保健所や病院に必死に頼み込んでいる
何とか診察してもらえることになった
しかし　満室
孫の命を預かった以上　何としても入院させる覚悟
　何かあったらこのベル押してください
　何かあるから来ているのに
もう二時間も検査小屋の寒いテントの中
ミルク　おむつ替えしても泣き止まない
高熱　抱いていると涙が止まらない

何度目のベルだったのだろうか　お医者さんが来られた
　やっぱり入院は無理です　お帰りください

この期に及んで引き下がる訳にはいかない
　この簡易ベッドでいいです
　この検査小屋でいいです
　絶対帰れません
　お力を貸してください
上司に相談しますと立ち去った

更に　二時間後　夜の八時　隔離病棟へ
部屋の出口にはエアーカーテン
　部屋から一歩も出ないでください
看護士さん　お医者さん
いっちゃんに触るたびに消毒
まるで　汚いものにでも触っているよう
手袋　マスク　帽子　防護服全て入口で脱ぎ捨てる
私はマスク一つ　同じベッドで寝起き
鼻水　よだれ　涙をふき続ける
何としても孫や娘を守りたい一心

熱の下がらない　いっちゃん
抱っこにおんぶ　よしよし　よしよし
体をアイスノンで冷やすだけ
大好きなみかんも離乳食もいやいや
ミルクと水だけになった
このままでは死んでしまう
　手遅れにならないうちに何とかしてください
夜中39度の熱　ナースコール
　今から点滴をします
懐中電灯に照らされた小さな手
血に染まり泣き叫んでいる
ぐるぐる巻きの包帯を外そうとさらに泣く
ポツポツ落ちる小さな点滴
ポロポロ流れる大粒の涙
　だっこ　ねんねんねん
静かな寝息　白々と夜が明ける

今日から集中治療室です

二泊三日で帰ることになった
私はコロナに感染しているかも知れない
公共機関の乗り物は利用できない
友人の安田さんにお世話になり帰宅
ママとイタリアのパパは毎日オンライン
励まし続けて二週間後　やっと退院
病院の先生や看護士さんは命の恩人

お迎えに行くと　がりがりにやせ細ったいっちゃん
看護士さんから体を乗り出し手を伸ばしている
　がんばりましたよ
　ありがとうございます
ママにだきついてほほえんでいる
いっちゃんと呼んでも

ずっとママに抱きついている
　いっちゃん　いいこいいこ　おりこうさん
身体じゅうさすり続けるママ
胸に顔をうずめたまんま
車中　ママに抱きしめられ眠っている

病院から帰ってくるなりテレビのニュースが流れる
　妊婦のママは入院できた　断られ帰った赤ちゃんは亡くなった
救える命が消えていく　消されていく

わたしピンクねこよ

わたしピンクねこよ
にゃあにゃあにゃあ
おにいちゃんのかお　ひっかいちゃった
おにいちゃん　なかなかったよ

おばあちゃんがおこった
ママもおこった

そんなにおこらんでもいいよ
だって　はなちゃん　まだちいさいもん
はなちゃん　すきやねん
はなちゃん　ねこしてたんだよ

りりかちゃん

ハイハイできたと思ったら　つかまり立ち
つかまり立ちできたと思ったら　障子をやぶる
お兄ちゃんと二人でビリビリ楽しそう
怒られているのに笑っている
つま先立ちして全てやぶる
破るまではまだいい
障子の桟を思いきり揺らし破壊
いつの間にか紙をお口に入れ食べている
生えかけの前歯二本見せて笑っている

たんぽぽ

香りいっぱいのバラ園
アーチをくぐりベンチにお座り
二歳になったいっちゃん
よちよち歩きの女の子を見つけた
どこへいくの

バラの根元のたんぽぽ手に持って
どうぞ
女の子に手渡した
きゃー　すてき
初めてもらったお花がたんぽぽね
ありがとう
しかもイケメンさんから

イタリアに住んでいるんですよ
いっちゃんのママが言う
えーっ　さすが二歳の紳士
女性に花をプレゼントするなんて
お母さんたちが大盛り上がりしている

たんぽぽがすき

たんぽぽがすき

並木の桜よりも
バラの花よりも
足元に咲く
たんぽぽがすき

たんぽぽ　みつけてうたいます
たんぽぽ　たんぽぽ
ぽぽぽぽぽー
たんぽぽ　たんぽぽ
ぽぽぽぽぽー

わたげ　みつけてうたいます
わたげ　わたげ
ふふ　ふふふー
わたげ　わたげ
ふふ　ふふふー

たんぽぽみにいこう
みんなでいこう
いっしょにいこう
すぐにくつをはく

おうたがすき

二さいになったいっちゃんはおにいちゃん
りりちゃんのおにいちゃん

からだをゆらしお目めからはいるものうたいます
ぶんぶんぶん　はちがとぶ
さくらーさくらー　のやまもさとーも
どんぐりころころどんぶりこ
あるこうあるこうわたしはげんき
どこでもいつでもうたいます

いもうとのりりちゃんにうたいます
りりちゃんはおりこうさん　おりこうさん　おりこうさん
りりちゃんはおりこうさん　かわいいなー

いっちゃんのママがうたいます
　いっちゃんはおりこうさん　おりこうさん　おりこうさん
　いっちゃんはおりこうさん　おりこうさん　やさしいなー

まいにちママとおうたをうたってあそびます
ねんねのこもりうた
すっかりおぼえていっしょにうたいます
なかなかねてくれません

プラタナスの葉音

数十年に一度の乾期の続く八月
並木通りのプラタナスは一斉に葉を振り落とす
そこら一面
カラカラのじゅうたん

あんよがじょうず
あんよがじょうず
やっとあるけるようになったよ
歩道をおててつないで歩きましょう

手を払いのけ夢中になって入っていく
深く浅くしずむ足元はひざまでうもれ
葉っぱの波に飲み込まれそう

ふみしめるたびにひびきわたる葉音
あら
リスの親子が木に登っていく
樹上で尾っぽふりふり
首をかしげてるよ

麦の詩（うた）

刈り取られ踏みつけられても立ち上がる
種を落とされた大地で生きる
公園の草むらで朝日を浴びる
街路樹の下で夕陽を浴びる
畑の畦　路肩　何処だって麦がある

ロンバルディア平野の広い畑で大きくなる
強い日差し浴びて黄金色の麦
どっしりと立ち　たっぷりの実を太らせる
虫の声　小鳥の歌　風にゆられて大波小波
流れる雲を見て　雨を待つ
大きくなる　大きくなる

ぼくも　わたしも　大きくなれ
麦を食べて大きくなれ
大きくなれ　大きくなれ

*

生きたい・死にたくない

干ばつ　戦争
餓死する子どもたち
水辺で人を襲うサル
死にたくない
生きたい

地中海を命がけで渡り押し寄せる難民
生きるために仕事を探し歩く
ここは　イタリアの繁華街
信号待ちの車の列へ飛び出し　窓拭きする人
駐車場で車の案内　チップを要求する人
花を売り歩く人　本を売り歩く人
お店の出入口　声かけしてくる眼光鋭いやせ細った人
地下鉄の中　今日食べるものが無いですと物乞いする人

みんな必死　笑顔で近づいてくる
施しをすれば徳が得られると釣銭を渡す人
物やお金を恵んで笑顔で話している人
命をつなぐ人がいる

生きたい
死にたくない
苦難の道を歩いている

お恵みを

八月の日差しの中
教会の出口の石畳
一人のお爺さんが行きかう人に祈りをささげている
脂ぎった長い髪と髭を地面に押し当て
埃まみれの服は黒光りしてひざまずいている
両手の中には天使の絵の紙箱一つ
一ユーロ入れたらかすかに頭が動いた
土色の細い指が箱の天使へと向かう

二階建てバスから高みの見物の観光客
楽しい語らいと美味しいジェラート
気に留める者はいない
教会の出口の石畳のお爺さん
イエス・キリストに救いを求めるフレスコ画のよう

道行く足への祈り
どうかお恵みを
今日を生きる命と向き合う人がいる

この世に存在する意味
生きていること
懸命に　生きるを生きている

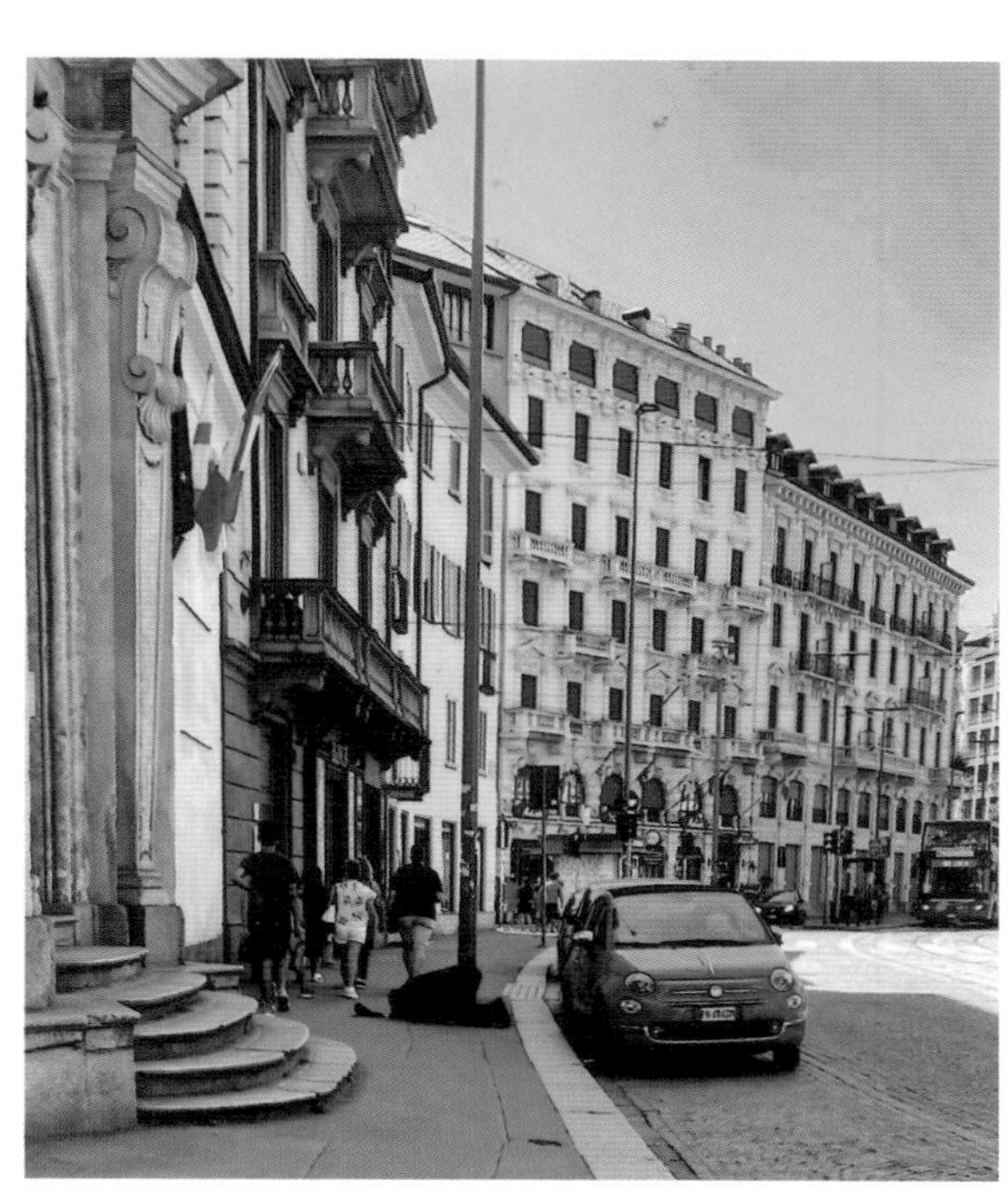

ブッセロの街

家々の生垣はジャスミンの花で埋め尽くされ
街路樹　公園　教会　街中プラタナスの大木
白い花から一斉に降り注ぐ香
木陰のベンチで憩う人々

家族　友人に囲まれた私は幸せ
ところ変われば生き方もそれぞれ

花のテラス　涼しい風が香りを運んでくる
ワイングラスを片手に団欒を楽しむ
夕方八時夕日が西の空に傾くころ犬の散歩
行きかう人々は語り合う
サマータイム　九時やっと日が暮れる

時はゆるりと過ぎていく
人生を楽しむために働き生きる

豊かな暮らしとは何か
幸せな生き方とは何か
お金では買えない豊かさがここにある

言葉

公園のベンチで本を読んでいると
チャオー　話しかけてきた
チャオー　応えた
後は　さっぱり
満面の笑みで話しかけるおばあさん
ノン　イタリアーノ
笑顔だけで何かしら理解しあえる
涼しい風が心を溶かしていく

チャオチャオ　手を振った
チャオチャオ　手を振った
振り向く人は誰もいないのに
彼女の声かけは涙になった
本に落ちた涙で文字が絵模様になった

言葉の通じない国で生きるもどかしさ
普段何気なく話す言葉の尊さが身に沁みる
しばし　私はベンチの石仏になった

空

こんなことってあるだろうか
空が真っ二つに割れている
車に乗っていると空の一直線が追いかけてくる
ビルの屋上に駆け上がり立ち尽くす

一生一度かも知れない
どこまでも　どこまでも
青い空の上に雲
母に何かあったのだろうか
不吉な予感
思わず手を合わせる

　　どうか何事もありませんように

ありがとうの別れ

　母危篤すぐ帰れ
介護を一手に引き受けてくれた姉からの連絡
母のもとへ急いだ
額　頬　温かい体
溢れ出る感謝の想いを伝えた
見えないはずの目を大きく見開き見つめている
涙でにじんだ母の目頭を拭いていると
フェイスシールドが曇って見えなくなる

一日遅れで岡山の姉が駆け付けた
　お母さん言っていることが分かったら笑って
すると唇が動いた
まさか
　言っていることが分かったら笑って
また唇が上がった
　すごい分かってくれてる　と叫んでる
コロナ禍　時間ですよ　の合図

お母さんまた来るからねと言った瞬間
あー
渾身の力で声を上げた
　ありがとうと言ってくれている
　お母さんこちらこそありがとう

それから数時間も経たないうちに
　あなたは　九九歳まで子や孫の栄えを見てゆっくり来なさい
と言った父のもとへ旅立った

母の幕引きの言葉
ありがとう
ありがとう
そして
ほほえみ

弔いの日

火葬場から出る時は小雨
車はお墓へゆっくりと走る
雨はどんどん激しさを増す
やがて雷は轟き　土砂降り
誰一人車から降りることができない
弟に抱かれ小さくなった母

　こんなにも泣いて叫んで
　別れを惜しんでいる

窓ガラスを開けて天に掌を向けて話した
　お母さんわかったよ

みんな気持ちは一緒だよ
もう泣かないで

するとやがて小雨に
九五年間の思い出深い故郷で永遠の眠り

あの世でも極楽してください
大好きだよ

俺は太陽だー

俺は太陽だー
おーい　地球のみなさーん
元気ですか！
小さなもめごと
大きな戦争
何があろうとも
生きるんだぞー
曇りでも
土砂降りでも
必ず顔出すからなー
最強スマイル
ハッピーパワーふりかけるぞー

一行の詩に

一行の詩にやさしさを見つけ
心が洗われるような時がある
一行の詩に涙したり笑ったり
他人ごとに思えない瞬間がある
だから
また手を伸ばし何度でも反芻する

『書きかけのラブレター』に寄せて

高丸もと子

『書きかけのラブレター』の題名のとおり、汲めども尽きない作者の、熱い思いが詩集になりました。

森田好子さんをひとことで言うならば「土」の匂いのする人です。その土はほっこりとして柔らかく、養分をたっぷり含んだ土。ちょうど春の芽吹きの匂いのする土と言えばよいでしょうか。

森田さんは長年、小学校の教員として多くの子どもたちと関わってきました。弱い子、いじめられている子への温かい眼差しの詩です。

あの子がいると／うち　うれしいねん／／だいじょうぶ　いっしょに遊ぼ／手伝おうか／めっちゃ　いいことも　せえへん／めっちゃ　あかんことも　せえへん／けど
一生懸命／／あの子がいると／うち　落ちつくねん（略）　　「あの子」

それに対して作品「こいつ」です。

なんだって　おもいどおり／おれが　主人公／おれに　合わせろ／おれが良ければ／それでいい／おまえらのこと／どうでもええ／知ったことかい／毎日毎日／好き勝手／やりたいほうだい（略）こいつらを／ほうっておいていいのか／みんなこいつになって／こいつのクラス作ってやろうか（略）

誰も触りたくない集団、ともすればその場しのぎで蓋をして見ぬふりをしたり、我慢で過ごしたりしがちな場面です。でも、森田さんは「ここぞ」と思う場面には安易な妥協はしないで本音でぶつかっていきます。子どもへの揺るぎない愛情と熱情がそうさせるのです。解決策はただ一つ、子どもを心から愛することだと森田さんは言い切ります。そして、「あの子」にも「こいつ」にも、分け隔てなく心からの愛語を注ぎ、根っこの部分を見据えた信念で解決に導いていきます。「もり子先生」の愛称で慕われている所以がここにあるのです。細かい事例をあげればきりがありません。

この心意気こそ森田さんが育った沖縄の土壌と大いに関係していると思います。貧しかったけれど、愛情はいっぱいあったと。両親から愛情をたっぷり受けたことが森田さんの強さ、優しさになっていることは否めません。「なんくるないさ」と「いちゃりばちょうで」の精神がいつも息づいているのです。

（略）貧しい中に愛だけがあふれていたあの頃／小さな　小さな幸せは　大きな喜びに／小さな　小さな体は　大きな希望に／／父へ　母へ　家族へ　私を育てた全ての人へ／祈りにも似たあふれる想いを紡ぐ／／愛で包んでください／誰かが叫んでいるよ／いいよいくらでも湧いてくるから／そっとだきしめよう

「なんくるないさ　愛がある」

憎しみを憎しみで返していけば一層憎しみが膨らんでいくだけ。日常茶飯の雑多なことも含め、過去よりも未来に希望を託していくことが大事だと森田さんは常によく言います。また、「いちゃりばちょうで」というのは出会った人は皆、兄弟姉妹という意味。森田さんがいるだけで、場が和むのです。初めて出会う人もいる親睦の会でのことです。森田さんから、沖縄の踊りの手ほどきを受けたみんなは、あれよ、あれよと音楽に乗り、踊りだしたのです。まるで魔法にかかったような雰囲気になり、いっぺんに場が打ち解けたことがありました。

イタリアにおられる娘さんのところから帰国した森田さんの第一声が「笑顔は世界の共通語」でした。「なんくるないさ」と「いちゃりばちょうで」が生かされていたのでしょう。

1972年に沖縄はアメリカから返還され、本土復帰を果たしました。第二次世界大戦下、沖縄では多くの命が犠牲になりました。森田さんの育った時代はまさに沖縄の過渡期。

身近な人から聞いた戦時下の悲惨な話の奥にある作者の感動が、詩篇となって編まれていきました。

詩集作りの途中、森田さんの生家や、詩の背景にある場所を案内してもらいました。間口の広い家の石垣にはハイビスカスの葉が繁り、庭にはシィークワーサーの木、家の横にはお父様の手作りのお風呂、開け放した座敷の縁側に腰を掛け五月の風を胸いっぱいに吸いました。まさに朝ドラの「ちむどんどん」の舞台のようでした。

作品「フェー台風」に登場する飼育のブタ親子のいた所や、流されそうになった、ばあばあがつかまっていた辺りの場所や、缶詰工場の坂道から流されてくる「凸凹缶詰」を拾った場所では当時の子どもたちの、はしゃぎ声が聞こえてくるようでした。中身のパイナップルも食べ放題。何という楽しい思い出でしょうか。沖縄の台風の激しさは凄まじいもの。その池上流の家が流されて、台所だけが遠く離れた池にひっかかって残っているのです。その池は台所池「とぅんぐわぐむい」と名付けられています。その池にたどり着くまでの道は草藪に覆われていました。日傘をさすように森田さんから言われていたのですが、日傘どころではなく森田さんを見失わないように必死で後をついて行きました。突然、目の前に現れた景色に私は言葉を失いました。遠い年月を静かに湛えているような水の色、澄み切った風の匂い。ここの感動を森田さんは絵と詩「森に抱かれて」で表しています。後で分かったことですが、森田さんが私に日傘を勧めたのは、とぐろを巻いたハブが上から襲ってきても日傘があれば大丈夫だからだと。

次に向かったのは、古人の足音だけが残っているような、「しいなの森」。ここで幼い森田さんたちは木に登り、歌を歌い、「シィークワーサー狩り」をし、仲良くなって帰るのです。森田さんの双子姉妹のお姉さん、江美子さんは温室で花づくりもされています。大きなビニールハウスの中では、美しい翡翠色した「ヒスイカズラ」が垂れ咲くのです。そこのページにも森田さんの絵があります。お姉さんとの話も詩の中で登場します。パイナップル畑で働く両親へ傘を届けたい一心で、幼い姉妹が雨の中、命がけで川を渡り、崖を登って行くのです。今は叢に覆われていましたが川の流れはそのままでした。それらの様子が「美傘」で活写されています。

また、亡くなった人だけが暮らしているという「やがんな島」も展望台から望みました。

> 生きている人はお盆　しーみーの時　お参りする／その時はね　ご先祖様と一緒にご馳走を食べるよ／／数時間も経つと静かに打ち寄せる　満潮／道がなくなるから急いで島を離れる／やがて魚たちが群れを成してやって来る／岩場に憩うカニ　殻を閉じた貝／潮溜まりの生き物たち／波のゆりかごで息を吹き返す／／（略）ご先祖様／ちっとも寂しくなんかないはず
>
> 「やがんな島」

死者を敬い続けてきた人々の温かい行い、自分たちもいずれそこに行くという死生観。空も海も晴れ渡った中で、あの左側が友達の家、その向こうが我が家と説明を受けました。

ここが詩集の表紙絵になっていて様々な思いが込められています。この近辺にテーマパーク「ジャングリア」が2025年、開業予定だそうです。

翌日、コーヒーハウス・アームさんのところにも案内してもらいました。が、シャッターは閉められ、手作りの小さな看板だけが吊るされていました。戦争中、悲惨な経験をしてきた人が今になって、やっと話せる場がアームさんの喫茶店だったと聞きました。心に残るのが「時計」の話。臨場感、恐怖感、その後の後悔の念、話者の優しい気持ちに私も感動せずにはおれません。一杯300円でおかわり自由の格安コーヒーにおつまみ付き。話の終わりはいつも同じ。

今こうして生きていることが幸せ／子や孫の栄えが見られて幸せ／美味しいものが食べられて幸せ

「アームさんの喫茶店」

閉められたシャッターの奥から人々の笑い声がしてくるようでした。これらの沖縄への思いが森田さんの詩集作りへと向かわせたのでした。

沖縄の詩群とは打って変わって、森田さんのありのままの日常も綴られています。

2023年10月29日付の産経新聞の「朝の詩」欄に次の詩が掲載されました。

おはなし

パパ
おとなは
くちで
おはなしするでしょう

こどもは
みみで
おはなしするよ

はなちゃん（三歳）

お孫さんが話したことを書き留めたものです。このように森田さんは言葉や物事を素早くキャッチできる人なのです。お孫さんたちの成長もあり、これからの森田さんの土壌がより豊かなものになっていくと思います。

この詩集がたくさんの人に読まれることを願うと共に、今後も『書きかけのラブレター』が完結することなく続いていくことを、親友のひとりとして楽しみにしています。

あとがき

この本を手に取って読んでくださった皆様、本当にありがとうございます。『書きかけのラブレター』は自分の生き方を見つめ直し探す旅のようでした。日常の小さなきらきら、小さな幸せ。非日常の出来事を拾い集め、ざっくり風呂敷に包んだような詩集ですが、何が出てくるかは読んでくださった皆様にお任せします。

私は計画を立て実行できるタイプではなく、どちらかと言えば行き当たりばったりです。しかし、節目、節目ごとに、渡りに船。出会うべくして出会った人との繋がりがあり、適切なアドバイスをいただけたのは、この上なく幸運なことでした。お陰様で楽しく仕事を続けていくことができました。

これからも、家族、出会った子どもたち、友人たちと日々の暮らしを謳歌して過ごせたら、他に何を望みましょう。温かい心と心が平和へと続きますように。今ある豊かさと美しい自然を、夢と未来を生きる子どもたちへ手渡すことができますように。必要とされる人とのご縁を大切にして、今の自分を肯定して楽しく生きていきたいと思います。

沖縄の人々は平和な暮らしと美しい自然を未来に残したいと願っています。
第二次世界大戦の戦場から生還された方たちのお話は、まるで昨日の出来事のようでした。聞かせていただいている私は胸につかえてタイムスリップしてしまいました。言い晴れて（沖縄の言葉）重い荷は少し軽くなったでしょうか？　筆舌に尽くせないほどの、壮絶な修羅場を生きぬいて、再び立ち上がった先人たちを想うとき、戦争の真実を語り伝えることが不戦の誓いだと確信させられました。

形あるものが破壊され、焼き尽くされても、明日への希望だけは決して失わなかった島人（しまんちゅう）。時代の波に飲み込まれ、戦後を生きた私たち。血と涙で築き上げられた親族や島人の記憶を記録に残す。小さな一歩が大きな歩みになればと思います。強く逞しくしなやかに生きた証を、後世に伝えるのは今しかないと思います。

私の親友でもあり、師でもある高丸もと子さんがいなければ、この詩集は誕生しませんでした。長年詩を書き続けてこられた高丸さんから詩の手ほどきを受け、的確な助言と励ましで楽しく詩作に向かうことができました。時間の経つのも忘れ、語り合い広がる楽しい世界に誘われていく自分がいました。また、出会うはずもない多くの方々とのご縁もいただき、私の人生を彩り豊かなものにしてくださいました。その上、この詩集に対して温かい跋文をいただきました。

また、物部一郎先生を敬愛されている高丸さんがご縁をつないでくださいました。初めて二人で物部先生宅にお伺いしたとき、奥様と共に温かく迎えてくださったのは、今から十数年前のことでした。その後、私の不躾な依頼にもかかわらず、大阪府音楽会の出場曲「学校大好き」を作曲してくださいました。本詩集のためにも沖縄の曲など、魂を込めて作曲していただき、感謝、感激です。「僕は十年待ちます。」温かい励ましの言葉を忘れたことはありません。長年の私の夢がやっと実現しました。ありがとうございました。

最後になりましたが、高丸さんを中心とした月に一度の万寿詩の会。そこでは、皆さんと、それぞれの日常の想いや出来事の詩を気軽に合評し合いながら、詩の楽しさを学ばせてもらっていることも私の励みです。

また、竹林館社主の左子真由美様にはお世話になりました。厚くお礼申し上げます。

一月吉日

森田好子

〈著者紹介〉

森田 好子（もりた よしこ）

1952 年沖縄県で生まれる。大阪府在住。元小学校教諭。
在職中は子どもたちの学びをオペレッタや詩などで発表会を開き、
保護者や地域の方々に発信。
著書：『子どものための少年詩集2023』（共著）『言葉の花火2021』（共著）ほか
所属：関西詩人協会／万寿詩の会／総合詩誌「PO」

住所：〒567-0893 大阪府茨木市玉瀬町 34-15-3

森田好子詩集　書きかけのラブレター

2024 年 3 月 1 日　第 1 刷発行

著　者　森 田 好 子
発行人　左子真由美
発行所　㈱ 竹 林 館
〒 530-0044　大阪市北区東天満 2-9-4　千代田ビル東館 7 階 FG
Tel　06-4801-6111　Fax　06-4801-6112
郵便振替　00980-9-44593　URL http://www.chikurinkan.co.jp
印刷・製本　モリモト印刷株式会社
〒 162-0813　東京都新宿区東五軒町 3-19

ISBN978-4-86000-505-4　C0092

LOVE & PEACE

作詞：森田好子
作曲：物部一郎

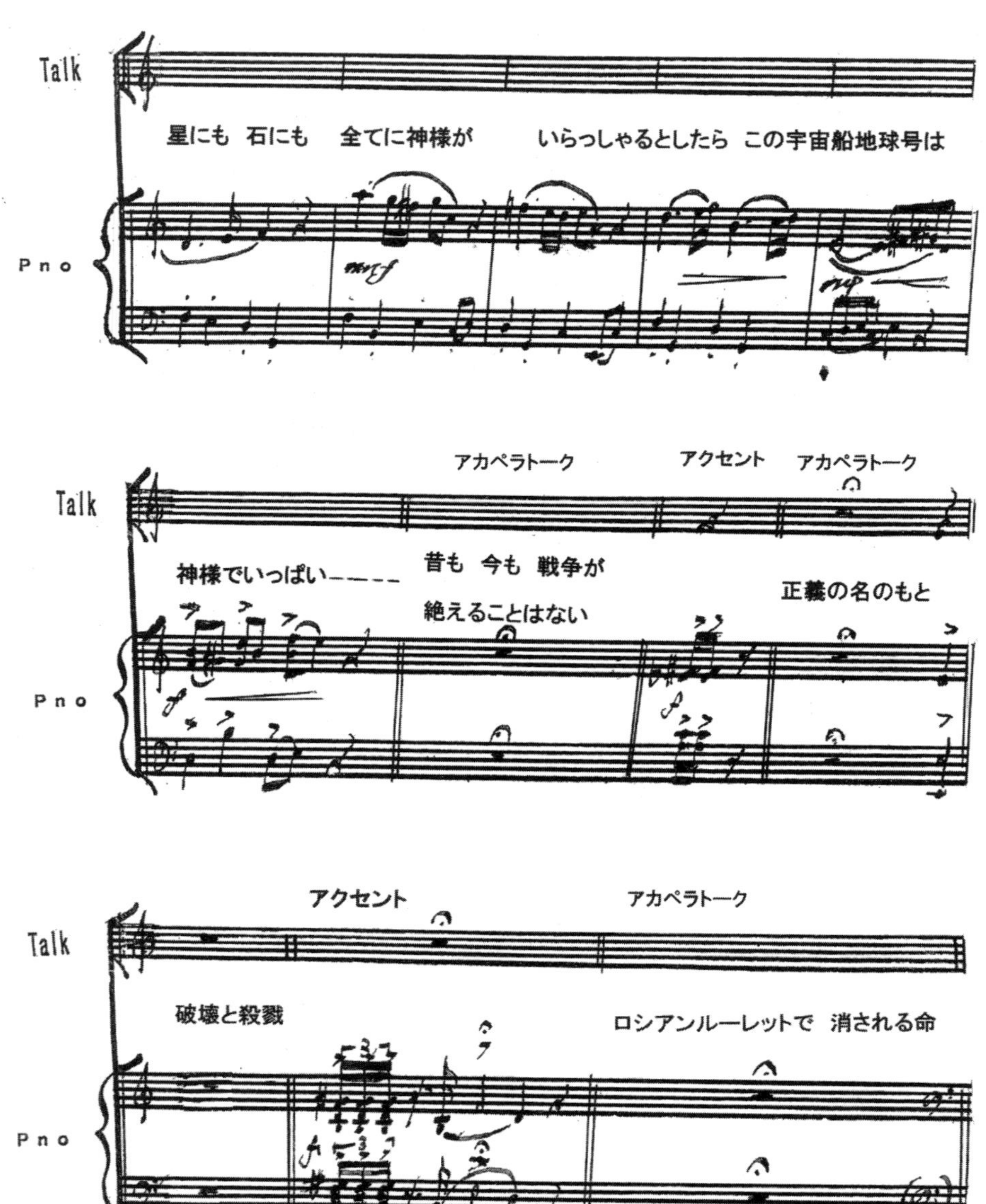
Talk
星にも　石にも　全てに神様が　いらっしゃるとしたら　この宇宙船地球号は
Pno
Talk
アカペラトーク
アクセント
アカペラトーク
神様でいっぱい－－－－
昔も　今も　戦争が
絶えることはない
正義の名のもと
Pno
Talk
アクセント
アカペラトーク
破壊と殺戮
ロシアンルーレットで　消される命
Pno

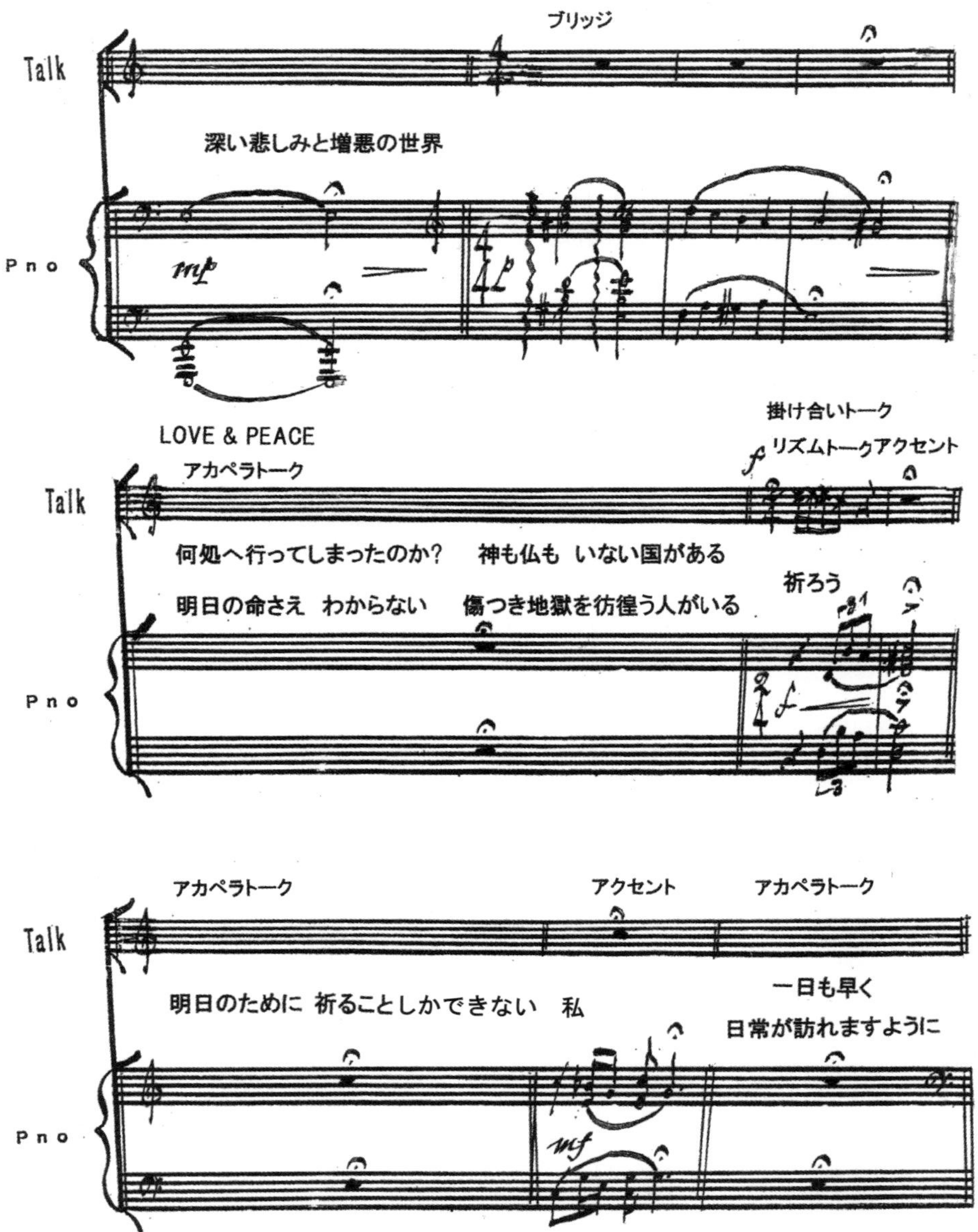
ブリッジ
Talk
深い悲しみと増悪の世界
Pno
LOVE & PEACE
アカペラトーク
掛け合いトーク
リズムトークアクセント
何処へ行ってしまったのか?　神も仏も　いない国がある
明日の命さえ　わからない　傷つき地獄を彷徨う人がいる
祈ろう
アカペラトーク
アクセント
アカペラトーク
明日のために 祈ることしかできない　私
一日も早く
日常が訪れますように

LOVE & PEACE

あなたの心に神様はいますか
花にも虫にも 木にも草にも 星にも石にも
全てに神様がいらっしゃるとしたら
この宇宙船地球号は神様でいっぱい

昔も今も戦争が絶えることはない
正義の名のもと破壊と殺戮
ロシアンルーレットで消される命
深い悲しみと憎悪の世界

何処へ行ってしまったのか
神も仏もいない国がある
明日の命さえわからない
傷つき地獄を彷徨う人がいる

祈ろう　明日のために
祈ることしかできない　私
一日も早く日常が訪れますように
願いは一つ永遠の LOVE & PEACE

あの子

作詞：森田好子
作曲：物部一郎

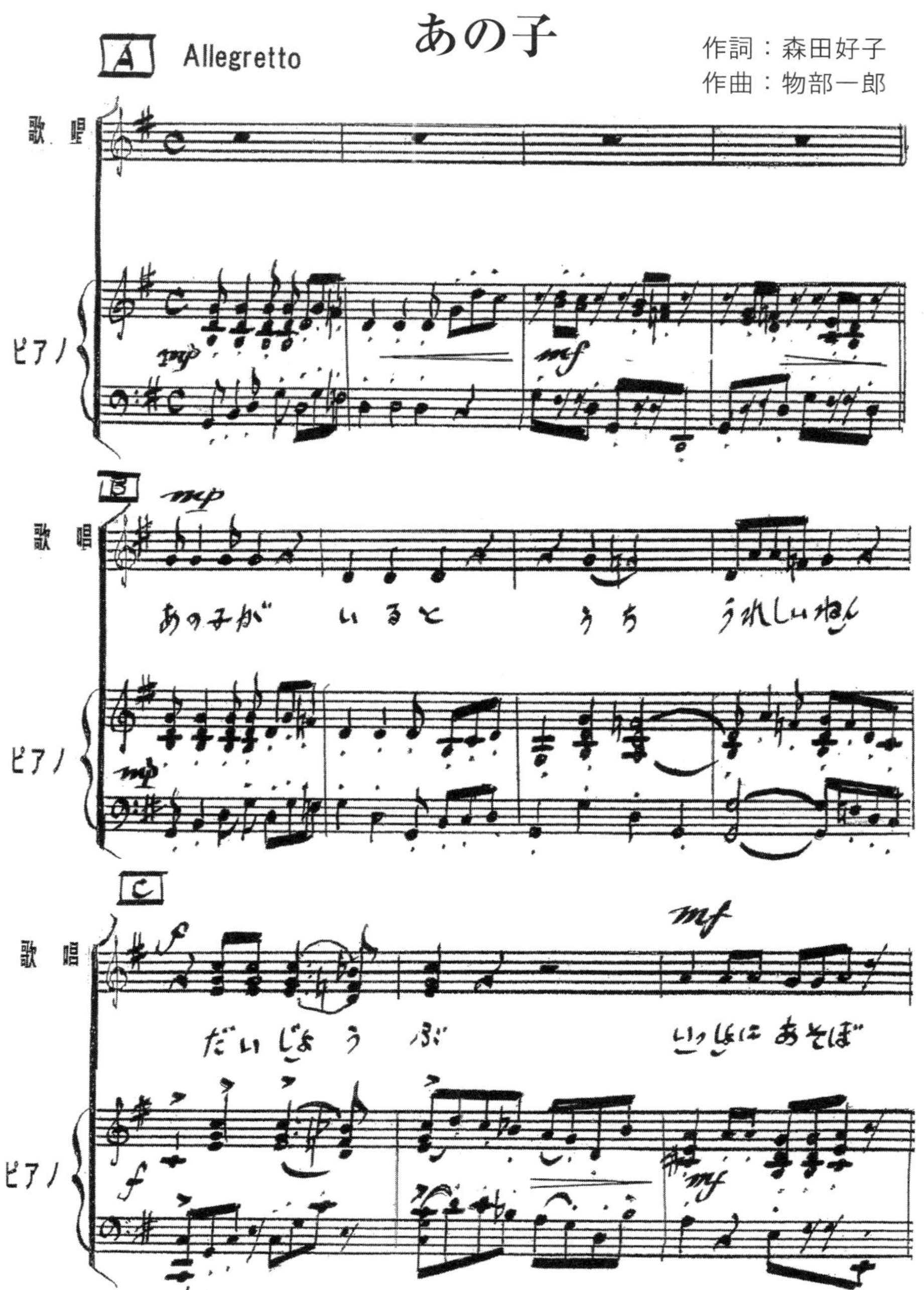

D
mp
歌唱
手伝ーおうか
ピアノ
mp
E
f
めっちゃいい ことも せーえへん
めっちゃあかんことも
f
poco rit
F
せーえへん けど 一生懸命 ー

G
Andantino
歌唱
ピアノ
あの子が いると うち
落ち着くねん やさしやろ やくそく守るやろ
H
Allegretto
いつも気いつこうてくれる めっちゃ失敗

歌唱
ピアノ
してはるー
めっちゃしっかり
してはるー
I
f
poco rit
そやから
何でもはなせる
J
Allegretto
K
mp
mf
あの子が

L
Andante
歌唱
(div)
いると
ピアノ
smorz
M
笑って
まう
Fine

あの子

あの子がいると
うち　うれしいねん

だいじょうぶ　いっしょに遊ぼ
手伝おうか
めっちゃ　いいことも　せえへん
めっちゃ　あかんことも　せえへん
けど　一生懸命

あの子がいると
うち　落ちつくねん

やさしやろ　約束守るやろ
いつも気いつこうてくれる
めっちゃ　失敗してはる
めっちゃ　しっかりしてはる
そやから　なんでも話せる

あの子がいると
うち　笑ってまうねん

エイサー

作詞：森田好子
作曲：物部一郎

エイサー

東のみなさま
西のみなさま
南のみなさま
北のみなさま
福と元気を　注入ー　注入ー
笑って笑って　楽しもう楽しもう
サーサ
※ヒヤサーサ　ハイヤー
　ヒヤサーサ　ハイヤー
　ヒヤサーサ　ハイヤー

湧き出るパワー
バチとパーランクに込めて
華麗に舞い　打ち鳴らせ
手上げ足上げ　声上げろ
ハイヤーイヤサーサ
※くり返し

心合わせてー
太鼓（てーく）　打ち鳴らせ
命花（ぬちばな）咲かそう　福を呼べ
手上げ足上げ　声上げろ
ハイヤーイヤサーサ
※くり返し

五穀豊穣
ご先祖　皆さま　ありがとう
笑い福きた　持ち帰ろ
ヒヤルガエイサー　スリサーサー
ハイヤーイヤサーサ

スリ　スリ　スリサーサー
スリ　スリ　スリサーサー

ちゅら ちゅら 沖縄

作詞：森田好子
作曲：物部一郎

Vo.
Pf.
mf
f
さ さ
ちゅーら ちゅらちゅら わらおう
ちゅーら ちゅらちゅら 泣こう
ちゅーらちゅらちゅら ちむぐくる
かりゆしかりゆし ちゅらちゅらちゅら
かりゆしかりゆし
ちゅらちゅらちゅら
to ⊕
D.S.
めんそーれ なんごくおきなわ
千客万来 ちゅら おきなわ
いい日記念 ちゅら おきなわ
みなおかげさま ありがとう
ちむどんどん

Vo.
Pf.
51
しまめぐり
ゆくいみそうれー
なんくるない
57
き
ちゅらちゅらちゅら
わらおう
ちゅらちゅらちゅら
泣こう
62
ちゅらちゅらちゅら
ちむぐくる
かりゆしかりゆし
ちゅーらちゅらちゅら
かりゆしかりゆし
67
ちゅーらちゅらちゅら
かりゆしかりゆし
ちゅらちゅら
ちゅーら
72

ちゅら ちゅら 沖縄

めんそうれー 南国沖縄
青い空 ちゅら ちゅら 沖縄
青い海 ちゅら ちゅら 沖縄
緑したたり 花の島
みな染まるよ 島色に
かなさる美（ちゅ）らさー なんくるないさ
※ちゅーら ちゅら ちゅら 笑おう
　ちゅーら ちゅら ちゅら 泣こう
　ちゅーら ちゅら ちゅら 肝心（ちむぐくる）
　かりゆし かりゆし ちゅら ちゅら ちゅら
　かりゆし かりゆし ちゅら ちゅら ちゅら

めんそうれー 南国沖縄
笑い福 ゆいまーる
世は捨てても 身は捨てるな
言葉や姿 違っても
人の真心 皆同じ
いちゃりばちょうでー なんくるないさ
※くりかえし

めんそうれー 南国沖縄
千客万来 ちゅら 沖縄
いい日記念 ちゅら 沖縄
みなおかげさま ありがとう
ちむどんどん 島めぐり
ゆくいみそうれー なんくるないさ
※くりかえし
かりゆし かりゆし
　ちゅら ちゅら ちゅらーーー

かなさる美ら
　＝愛しさ可愛さがが美しさ
なんくるないさ
　＝なんとかなるさ
肝心＝真心
かりゆし＝縁起がいい
ゆいまーる＝助け合い
いちゃりばちょうでー
　＝出会ったらみなきょうだい
ちむどんどん
　＝心からドキドキする
ゆくいみそうれー
　＝ゆっくりおやすみください

写生会

作詞：森田好子
作曲：物部一郎

D
E
F
G
歌唱
ピアノ
さくら 舞い散る 木のした うつくしく 咲きほこる
たいぼく ーごと
画用紙 に えが く

H
mp
歌唱
ひよどりは
みつをついばみ
ピアノ
mp
I
歌唱
すずめは
はなを落とす
はるの日差しを
はるの日差しを
ピアノ
J
f
歌唱
からだ一杯に
浴び
ピアノ

歌唱
ピアノ
mf
ほほは さくらいろに そまる
K
mp

L
mp
歌唱
あ あ い ま
ピアノ
mp
M
mf
N
歌唱
瞬 一 の い の ち を
ピアノ
mf
mp
Poco rubato
O
P
pp
歌唱
閉じ込 め ー る
ピアノ
pp
pp
Fine
Red

写生会

花の絨毯に腰を下ろし
桜舞い散る木のした
うつくしく咲き誇る大木ごと
画用紙に描く

ひよどりは蜜をついばみ
すずめは花を落とす
春の日差しを　春の日差しを
からだ一杯に浴び
ほほは桜色にそまる

ああ
いま
一瞬のいのちを閉じ込める

家

作詞：森田好子
作曲：物部一郎

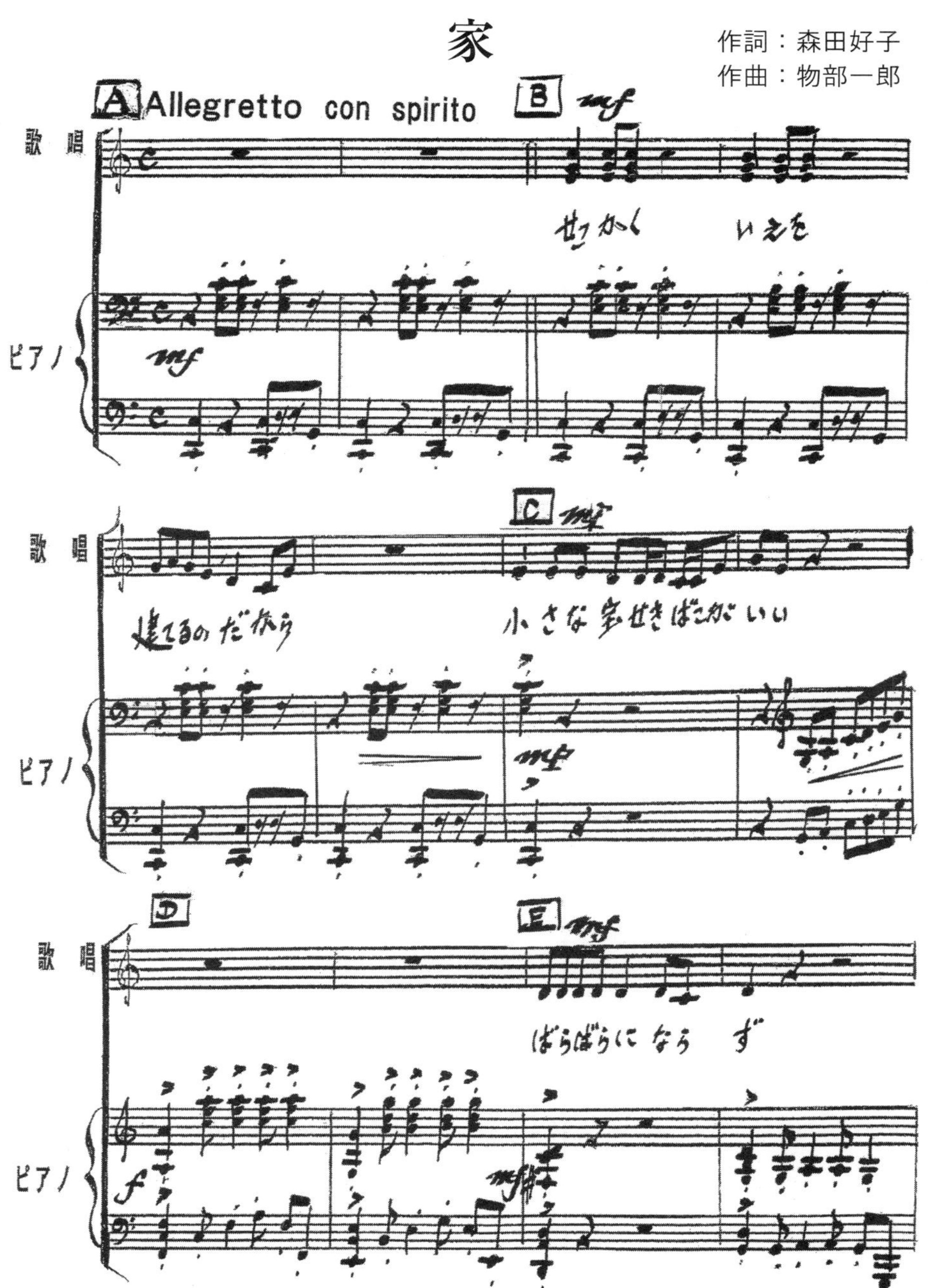

歌唱
ピアノ
poco rit
いつでも 寄り添えるから
mp
F Andante
p
mp
せっかくいえを 買うのだから 一生 懸命
G
poco rit
mf
はたらくがいい
f

H
Andantino
歌唱
ピアノ
あせして
(汗)
手にした
もの
(物)
こ
I
そ
みがきをかけるか
J
ら

歌唱
ピアノ
K
Allegretto con spirito
L
mf
えがお
(笑顔)
あふれる
みらいをきずく
(未来)
(築)
M
f

N
歌唱
ピアノ
ゆめの
ゆめの
ほせき
(宝石)
ばこ
(箱)
O
Fine

家

せっかく家を建てるのだから
小さな宝石箱がいい
ばらばらにならず
いつでも寄り添えるから

せっかく家を買うのだから
一生懸命働くがいい
汗して手にしたものこそ
磨きをかけるから

笑顔あふれる未来を築く
夢の夢の宝石箱

ピアノ詩曲

森子の信念を讃えて

作曲：物部一郎

poco rit
Andantino
p
mp
mf
f

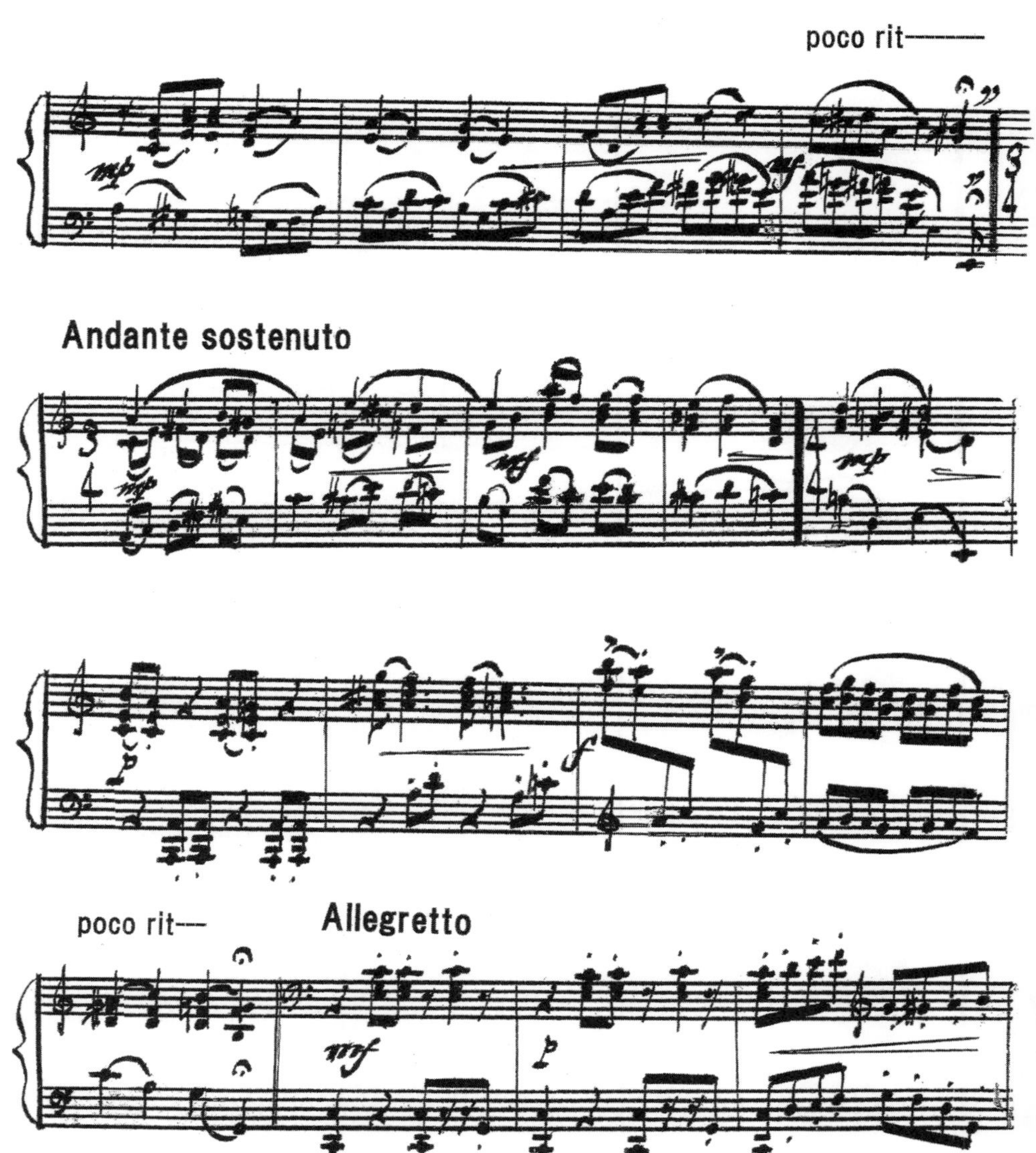
poco rit
mp
mf
Andante sostenuto
mp
mf
mp
f
poco rit
Allegretto
mf
p

mf
f
mf
f
p
mf

mf
f
mf
mf
f
Fine

〈作曲者紹介〉

物部 一郎（もののべ いちろう）

東京藝術大学作曲科卒業。

関西放送、テレビにて作曲、編曲、指揮、演奏で活躍。

大阪教育大学名誉教授。

『創作和声』（音楽之友社）をはじめ、邦楽、吹奏楽、交響組曲、歌曲、合唱曲集など著作品多数。

校歌・団歌・社歌など100作品以上作曲。

〈主な著作〉
『高丸もと子の詩による物部一郎童謡作曲集』（音楽之友社）
『STEP TO PIANO』（カワイ出版）
『白黒クジャクと思い出の歌』CD／曲集ともに全国発売中（全音楽譜出版社）
『楽しい世界の民謡』ピアノ連弾作品集（音楽之友社）